蓬萊詭話

Gaea

攔路竹

No Way Out

醉琉璃——著

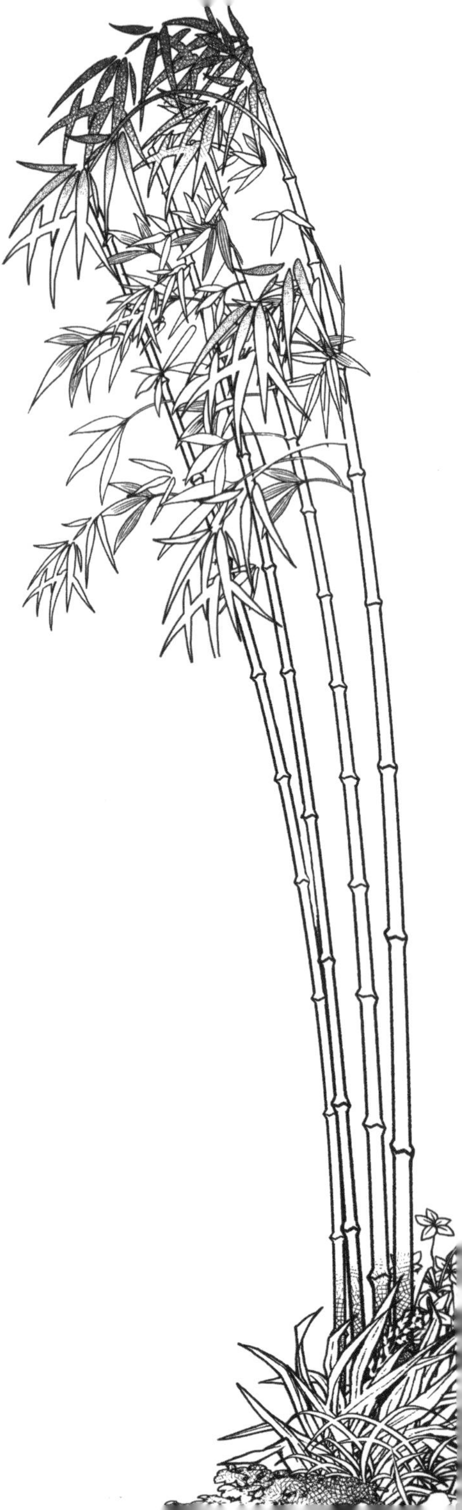

攔路竹

目錄

楔子

「欸欸，是往這個地方走嗎？」

綁著高馬尾的女生舉著手機，手電筒的光線直直照入竹林裡。

高挺茂密的竹子每一根看起來都長得差不多，密密麻麻地林立在前方。

黑暗被手機內建的手電筒光芒驅散一小塊，更深處仍盤踞著無法觸及的黑暗。

高馬尾女生吞了吞口水，記憶中的恐怖片片段在此時復甦，各種駭人畫面活靈活現地在她腦海滾動。

她收緊握著手機的手指，心中打起退堂鼓。

總覺得再往前幾步，腦中畫面就會變成現實出現在眼前……

「我們還是……去別的地方逛逛吧，這裡感覺就只是竹子而已……」

「就知道妳們女生膽小。」挑染著幾綹灰髮的高個子男生撇撇嘴，一副不以爲然的態度，「之前說不怕要來的是妳，現在又知道怕了喔？」

「你、你……」高馬尾女生惱怒地拍打男友的手臂，「我才不是怕！我只是覺得這地方沒什麼好逛的，你那麼厲害，你自己走進去啊！」

「走就走，怕什麼？」灰髮男生聳聳肩膀，當眞不猶豫地往竹林內大步走。

「喂！喂！你就這樣把你女朋友丟在這了？」女生不敢置信地直跺腳，「王八蛋王子亦！你再往裡面走一步，信不信我跟你分手！」

男生像充耳不聞，又往前走了好幾步。

眼看雙方距離越來越遠，馬尾女生再也忍不住地拔高聲調，「王子亦！」

前方人影頓住腳步，轉身快步走回，嬉皮笑臉地拉住她的手，「開開玩笑嘛，我哪可能眞的把妳一個人丟這裡。」

「才不好笑，爛死了！」馬尾女生氣得眼眶微紅，一巴掌使勁打上男友胸口。

「嘶！好痛、好痛！」男生故意擺出齜牙咧嘴的表情，五官皺在一起，「救命，我重傷了！我要死掉了！」

「耍什麼寶啊你……」馬尾女生被逗出笑意，察覺到自己露出微笑，她迅速抿直唇線，「我告訴你，我還是很生氣。」

「寶寶不氣啦。」男生摟住她的肩，把人拉進懷裡，噘嘴親她的臉頰一下，「就只是開開玩笑而已，我們來都來了，去裡面看一下嘛。」

「你怎麼還想著要進去……都是竹子，還陰森森的。」馬尾女生流露一絲抗拒。

「就是陰森森才刺激，妳之前不也想著要夜遊試膽嗎？」男生不遺餘力地哄著，「民宿老闆說竹林裡有一間廢屋，我們去找看看嘛。而且有我在，妳怕什麼？」

「不會在裡面迷路嗎？」馬尾女生猶疑地望向被黑夜籠罩的竹林。

浸染在夜色中的竹林像一座迷宮，分不清東南西北。

「噗，哪可能那麼簡單就迷路？來都來了，走啦走啦。」男生握住女友的手，半是強硬地拉著人往竹林裡面走。

兩支手機的光線開路下，周圍變得沒那麼陰暗嚇人。

即使如此，馬尾女生仍是下意識緊靠著男友，不敢和他拉開太大距離。

也不知道走了多久，走到馬尾女生的腳都痠了，還是沒看見廢屋。

「還要走多遠啊……」疲累感壓過對夜間竹林的畏怕，她從男生的掌心中抽出自己的手，垮著一張臉，停在原地不想再走，「我腳好痠啊。」

「應該快了吧？」男生撓撓頭，不太確定地道，「老闆說走個十幾二十分就能看到。」

馬尾女生快被男友的話氣死，「什麼叫應該？我還以為你知道耶！」

她走到一肚子氣，小腿肚和腳底板都在發瘆，想找地方坐下，又不想席地而坐。她瞄了一眼四周，手電筒的光跟著晃了一圈，最後定格在一塊差不多小腿高的石頭上。

馬尾女生一屁股坐上那塊石頭，板著臉，毫不掩飾自己的不開心。

竹林內的確沒她想像的可怕，但也無聊得要命，看來看去都是同樣的竹子。要是白天來看，還能說是來欣賞風景，感受清新的空氣；可是晚上根本黑漆漆一片，還要小心別被突起的小石頭絆到。

她穿著涼鞋，細碎的沙土不時跑進她的鞋子裡，一路走下來更顯不耐煩。

「我們回去了啦。」馬尾女生不高興地說，有一下沒一下地踢著身下石塊。

「都走到那麼裡面了，再走一下……不然我們再走個十分鐘。」男生有點不甘心，還想繼續碰碰運氣，「再走個十分鐘就好。」

「……眞的再十分鐘就好？」面對男友的央求，馬尾女生出現一絲動搖。

「眞的、眞的！」男生忙不迭舉手發誓，「再陪我走十分鐘，明天下山我帶妳去吃好吃的！妳不是想去那間網紅甜點店嗎？我們明天就去！」

這下馬尾女生被說動了，她從石頭上跳下來，勾住男友的手臂，催促道：「走啊，還不快點？」

竹林裡異常靜謐，偶爾晚風吹過，竹葉拂動，帶出一片沙沙沙的聲響。

走了幾分鐘，手電筒的光束驀地停留在某一處。

「前面有什麼倒在地上……」男生瞇著眼打量，「好像是竹子？」

「不就是竹子倒下了，有什麼好奇怪的？別管它啦。」馬尾女生匆匆掃過一眼，推著他的肩，只想趕緊走完，趕緊原路折返回民宿。

「不是，那根竹子倒得有點奇怪……」男生好奇地往前走幾步，手電筒光沿著碧綠的竹身移動，直照到根部。

修長的綠竹橫倒在地面，卻沒有出現任何斷裂的痕跡，彷彿有一股無形的力量把它壓按在地。

「它沒斷耶！」男生驚訝地喊，「它是怎麼有辦法倒成這樣？」

「也許就是剛好……別管啦！」馬尾女生越看越覺得這景象有些詭異，拉著男友的手，不想讓他再過去，「十分鐘差不多到了吧，我們回去啦。」

「再讓我看一下。」沒找到廢屋，男生的好奇心轉移到這株姿態怪異的竹子上。

不顧女友的阻止，他抽回手，大步走向前。

說時遲、那時快，伏倒在地的竹子驟然彈起，掀起一陣強烈氣流，空氣中似乎跟著帶出尖銳的嘯聲。

竹子擦著男生的臉頰而過，只要再近一點點，就會砸中他的臉。

「哇啊啊啊！」突來的變故嚇得男生一時站不穩，向後跌坐下去，手機從手中滑落，手電筒的光線轉向另一方。

馬尾女生也被嚇傻了，僵立在原地，驚恐的叫聲哽在喉嚨裡。

好半晌才像尋回力氣，忙不迭跑向前。

「王子亦！王子亦！你沒事吧？」她緊抱著男友不放，嗓音裡流露一絲哭腔。

「我沒……」男生摸著自己的臉頰，驚魂未定地仰望著如今豎得挺直的竹子，

「我沒事……」

「我們快回去，現在就回去！」女生使勁拉起坐在地上的男友，完全不想繼續在竹林裡逗留。

男生剛也被結結實實地嚇到，想到要是再往前幾步恐怕就會被竹子打中，忍不住打了一個寒顫，強迫自己別再想下去。

「我們這就回去！」經歷這場驚嚇，他也熄了夜遊的心思。

他伸手準備撿起掉落在地上的手機，卻發現手電筒光束照射到的前方有什麼矗立在那裡。

男生不由自主地握著手機往那方向照去，竟照出一幢屋宅的輪廓。

即使隔了一段距離，仍是看得出屋子外觀破敗，彷彿年久失修。

竹林廢屋。

這個字眼瞬間跳出男生的腦海，他吞吞口水，本來熄滅的好奇心再次翻騰起來。

「你想幹嘛？不准過去那邊，說好要回去了！」馬尾女生也看到廢屋，她心頭一顫，立即厲聲警告男友。

「但都在前面了耶。」男生忘記稍早前的驚嚇，一顆心蠢蠢欲動，「我們就去看一下，看一下就好。」

「不行，我不管！我現在就要回去！」馬尾女生惱怒拒絕，強行拉著人就要掉頭往回走。

「等一下！小莓、小莓！」

「走了啦！」

一番拉扯中，本該幽暗的竹林裡驟然出現光源。

年輕情侶錯愕地轉過頭，發現原先漆黑一片的廢屋內竟亮起燈光。

只是那光透著慘綠，在夜間看起來格外嚇人。

可最令人毛骨悚然的不是無端亮起燈的廢屋，而是在屋子前……不知何時站立著好幾條人影。

他們背著光，看不見長相。

不，是根本看不到。

因爲他們的頭全被塑膠袋罩住，就像戴著頭套的囚犯。

一、二、三、四、五，五條人影對著呆若木雞的年輕男女緩緩招著手……

第一章

炎炎夏日又碰上沒課的時候，當然要找個有冷氣的地方窩。

如果可以，胡紹安也想回去租屋處在床上躺平。

但想想自己那間沒附冷氣，連電扇都得自備的雅房，他打了個哆嗦，直接預想到汗涔涔、有如洗三溫暖的下場。

「冷氣啊……房東幹嘛那麼小氣，就是不肯裝冷氣……」胡紹安哀怨地碎碎唸，但想想便宜的房租，又把那份怨念吞了回去。

畢竟要找到月租三千，還差不多七坪大的雅房也挺困難的。

他的同學聽到他的租金，都不禁佩服他居然能找到這麼一個地方。

午後的太陽曬得胡紹安滿頭汗，遠方的柏油路好似被熱氣蒸得要融化了，連景象都跟著有些扭曲。

胡紹安覺得再曬下去，要融化的估計就得換成自己。

停好機車，他立刻用最快速度向著前面的星巴克逼近，彷彿那是黑夜裡最亮的救贖明燈。

推開玻璃門，涼爽的空氣迎面撲來，讓胡紹安發出了爽快的讚歎。

果然還是冷氣最棒了！

當初發明冷氣的人簡直是天才……不，肯定是神了！

星巴克客人很多，音樂和說話聲交織在一起，空氣中瀰漫著濃郁的咖啡香氣。

胡紹安向來喜歡咖啡香，他下意識多嗅了幾下，雙眼飛快搜尋空位。

但每張桌子前都有人，就連面窗的吧台也全被坐滿。

想到外面恐怖的溫度，胡紹安說什麼都不想離開這個聖地。

他再次巡視一圈，眼尖地在角落發現了熟面孔。

是他的直屬學姊。

學姊對面坐著一個女生，推測是同學或朋友。

管他是哪一種，一律都喊學姊就是了。

胡紹安馬上上前主動打招呼，「靜芳學姊，好巧喔。」

他瞄了一眼她們桌上所剩不多的飲料，「妳們等等要走了嗎？」

「對，我們……」學姊的話頓了一下，忽地反應過來學弟似乎是想蹭她們這桌的位子，她故意說起反話，「沒呢，我們還想繼續坐。」

胡紹安期待的表情忍不住垮下，這反應逗得學姊笑起。

「騙你的啦，我們是準備要走了，你在等我們的位子對不對？」

「學姊捨得讓乖巧的學弟找不到位子坐嗎？」胡紹安故意裝可憐。

他那張白嫩又帶了幾分稚氣的臉一向很有欺騙性，當他睜著大眼睛看人的時候，更是會覺得他又乖又聽話。

學姊還挺喜歡自己這個直屬學弟的，平時也常常照顧他。

如今看胡紹安擺出一副小可憐的模樣，也不故意逗他了，「好啦好啦，位子給你，我們是真的要走了沒錯。」

學姊和她同學各自拎起自己的包包，另一手正要把桌上的杯子拿起。

「兩位學姊，妳們的東西我幫忙收就可以了。」胡紹安趕緊積極阻止，「幫美女丟垃圾是我的榮幸。」

兩位學姊忍不住都笑了，向胡紹安揮揮手，一前一後地走出咖啡店。

胡紹安迅速先放下自己的包佔位，免得離開點餐時被人佔去。

他點了一杯特大杯的冰拿鐵，再奢侈地加一個巧克力熔岩蛋糕。

當他重新坐回位上，吹著涼涼的冷氣，看著桌上的拿鐵和蛋糕，心中浮現莫大的幸福感。

這才是享受啊！

胡紹安迫不及待地先喝幾口冰拿鐵再切開蛋糕，讓裡頭的熱巧克力如岩漿流出。

蛋糕吃完，他滿足地擦擦嘴巴，將空盤和叉子拿去回收台後，從包裡拿出筆電。

按下電源鍵，漆黑的螢幕迅速亮起，浮現繽紛鮮艷的色彩。

胡紹安看了一眼右下角的顯示時間，距離群組聚會還有十幾分鐘。

他戴上無線耳機，才打開LINE就發現他們的群組亮起紅色的提示圓點。

有人已經搶先在群組裡刷起存在感了。

傳出連串「在嗎」訊息的是戴墨鏡的男人的頭像，頭像名字寫著「李銘成」。

李銘成是胡紹安的同學，家境富裕，喜歡潮牌，身上行頭加起來大概都能抵胡紹安一年的房租了。

胡紹安也不是說真的窮，只是某些地方比較不上心，例如住的環境和衣服。

但在吃的方面，他不曾苛待自己。

不過要他像李銘成一樣三不五時就跑去吃幾千塊的大餐，他還真的做不到。

胡紹安發個貼圖，表示自己也上線了。

過沒多久，其他人逐一出現。

這是一個七人群組，群組名稱叫「廢墟追逐團」。

從名字就能知道這七人的愛好是什麼。

既然全員到齊，大夥直接開視訊，七顆腦袋同時出現在各自的視窗裡。

胡紹安外，其餘六人分別是李銘成、高天翔、周偉毅，連心文、羅依麗，及張思嵐。

其中李銘成和高天翔都是胡紹安的同學，而羅依麗則是李銘成的女朋友。

另外三人則是胡紹安幾人在網路上認識的同好。

胡紹安下意識先找起連心文在哪，很快就在右下看見熟悉的臉。

連心文氣質好，戴著眼鏡，皮膚又白，長髮沒染沒燙，直直地披散在肩後，給人文青少女的感覺。

發現連心文的眼睛正好往自己方向一轉，就算知道她其實是在看鏡頭，胡紹安還是忍不住露出傻傻的笑容。

連心文的外貌和個性就是他的好球帶，他對她抱持著好感。

雖然兩人沒明確的表態過什麼，但胡紹安覺得連心文肯定也對自己有點意思。

「別不說話啊，我們視訊就是要動嘴巴的嘛。」

最先開口的是高天翔，他喜歡炒熱氣氛，也健談爽朗，五官深邃又有一身肌肉的他，在學校受到不少女生歡迎。

「我們不是要討論辦個線下聚會？你們有什麼想法了沒？胡紹安你先說。」

「啊？我先說喔？」胡紹安沒想到自己先被點名，但好在他早有準備，「單純吃飯聚會太無聊了，來個小旅行怎樣？兩天一夜。」

「兩天一夜是能去哪個國家玩？」李銘成不滿地插嘴。

「本來就沒有要出國，你想得也太遠了吧……」張思嵐瞠目結舌。她是個短髮女生，髮型俐落幹練，比胡紹安他們大上幾歲。

職業是劇組化妝師的張思嵐，時常在不同劇組間奔波。

「只是聚個會，誰會想到要出國？」

「哎呀……」羅依麗的聲音又嗲又軟，像拌了濃稠的蜂蜜。她化著精緻全妝，捲翹濃密的眼睫毛不時眨動，「我家寶貝就會啊，出國對他來說只是最基本。兩天一夜可以去東京血拚，小香家新出了一個包，寶貝我好想要，不如就這次帶我去買吧？」

還沒等李銘成回應自己女友，胡紹安就先受不了。

「拜託，要曬恩愛等我們不在再曬。」胡紹安搓搓手，雞皮疙瘩爬滿身，「而且叫『寶貝』也太那個了吧。」

連心文被他誇張的反應逗得噗哧一笑，她連笑的時候也是秀秀氣氣，還會用手掩著嘴。

「不會啊。」高天翔持相反意見，「要是被羅依麗這麼漂亮的女生喊我寶貝，我肯定開心到不行。」

羅依麗笑得花枝亂顫，明顯被高天翔取悅到。

「靠，是喊我又不是喊你，你自己不會去交一個喔！」李銘成翻了一個大白眼。

「弟弟們，重點，不要偏離重點。」張思嵐稍微放大音量，要幾個大學生不要離題。

「我才不是弟弟，我比妳大。」一直保持沉默的周偉毅冷不防出聲，他戴著粗框眼鏡，頭髮凌亂，外貌時常不修邊幅。

每次線上聊天時，他也是屬於話比較少的，有時容易忽略他的存在。

不過如果要查各種關於廢墟景點的資料，他就是最強的戰力。

「我知道你比我大，我是在說他們三個弟弟。」張思嵐說。

「妳沒加特定代稱，就是把我也算進去了。」周偉毅很堅持。

「吼唷，你很難溝通耶……」張思嵐忍無可忍地翻起白眼，「好好好，你最大，你最大總行了吧。那最大的周偉毅先生能給出個好建議嗎？」

周偉毅閉上嘴巴，陷入安靜。

正當大家以爲他慣例又進入自閉模式後，他忽然開口。

「小旅行……去廢墟探險怎樣？找比較冷門的地方，還可以順便試膽。」

「等一下，試膽難不成是要晚上去？」李銘成臉上流露明顯抗拒。

他喜歡廢墟沒錯，可不代表他喜歡烏漆墨黑的時候去那些地方。

萬一出現超現實的東西怎麼辦？

萬一出現不科學的東西怎麼辦？

光是想像那幅畫面，李銘成就感覺後頸爬上一陣戰慄。

沒錯，李銘成其實怕鬼。

以往胡紹安和高天翔想拉他晚上去廢墟探險，他都用行程很多，或是跟女生有約等等藉口推託。

直到現在，他怕鬼的事都還沒被兩個同學跟現任女友發現。

應該……沒發現吧。

李銘成悄悄打量螢幕上的三人，從他們的表情看不出可疑之處。

李銘成打定主意，說什麼也不會同意周偉毅的計畫。

可惜事情往往出乎意料。

李銘成還沒來得及強力表達拒絕，連心文先開心地贊同了。

「好啊好啊，我覺得很可以耶！」連心文雙手交握，眸子裡閃爍著興奮的光輝，「那是不是找個有靈異傳聞的廢墟更好？」

連心文看起來文文靜靜的，卻有著一顆熱愛冒險的心。

比起白日去廢墟，她更喜歡夜晚前往，享受當下未知又陰森森的氛圍，也時常在群組裡分享她夜探廢墟的照片。

在她看來，這樣更能體會廢墟的獨特美感。

「大家覺得怎樣？」連心文滿懷期待地問著眾人，「廢墟試膽很棒對不對？」

「加一，我也認為很棒。」胡紹安想也不想地附和。

「我沒意見。」張思嵐懶懶地揮下手。

「我也沒問題。」高天翔興致勃勃地說，「既然要試膽，當然要好好挑選地點才可以……」

「給我等一下！試什麼膽？廢墟探險就廢墟探險！」李銘成再也坐不住了，極力反對這個在他看來無比差勁的提議，「我只接受白天去看廢墟，晚上不准。你們知道晚上蚊子有多多嗎？而且萬一沒看清楚，勾破我這身名牌怎麼辦？」

「嗯嗯嗯？李銘成你該不會……」張思嵐瞇起眼，若有所思地說，「害怕吧？」

「誰怕了啊！」李銘成大聲否認。

「沒事啦。」張思嵐聳聳肩膀，不以爲意地說，「人都有害怕的東西，你要是怕晚上試膽，我們就不要……」

「就說誰怕了！」李銘成腦子一熱，意識過來之前，話已脫口而出，「我告訴你們，我天不怕地不怕！要是你們這次活動能嚇到我，我就拿出十萬塊當獎勵！」

「十萬塊」三字一出，如同在油鍋裡滴入水滴。

霎時，所有人都騷動了。

「眞的假的？」胡紹安第一個跳出來質疑，「十萬耶，哪那麼簡單就拿出來？你不要唬爛我們大家喔！」

「寶貝，十萬還不如讓我去買包包啦。我揹著好看，你也有面子對不對？」羅依麗只要想到那筆錢可能分給別人就心急。

那可是她男友的錢，給自己女友花才是天經地義吧。

「李銘成，你別衝動啦。」高天翔勸阻，「那可不是什麼小數目。」

「只不過十萬元，就讓你們嚇傻了喔？你們是沒看過錢嗎？」話都撂下去了，李銘成也不想在眾人面前漏氣，還是嘴硬得不行，「跟你們說，我說到做到。這次旅行去廢墟探險，只要你們能嚇到我，就算你們贏，錢就給你們！」

「哇……哇喔……」張思嵐嘴巴開開，「現在大學生都這麼有錢喔……」

「沒有、沒有。」胡紹安和高天翔趕緊撇清，「普通的大學生才沒有這樣。」

「我錄音了。」周偉毅舉起手機，「幫大家做證。」

「讚喔！」胡紹安比出大拇指，「李銘成你聽到了沒有！周偉毅可是錄音了。」

「錄就錄，怕你們喔？」李銘成哼了一聲，十萬元對他只是幾個月的零用錢，又不是出不起。

「如果要試膽……那就大家各自提一個地點怎樣？最後我們再來投票決定？」連心文雙手合十，揚著淺淺的笑容，「然後除了試膽，也要安排其他活動比較好吧。」

「烤肉，我提議烤肉！」高天翔迫不及待地說，「我們可以請旅館或民宿的人幫我們買好食材，再自己烤。」

沒人能抗拒烤肉的魅力，起碼在場的人都不行。

「ＯＫ、ＯＫ。」見大家都同意，張思嵐爲這次的行程稍做了統整，「那就選出地點後，我們早上去周圍逛逛，晚上吃烤肉，再來試個膽。地點最晚在後天都要提出，到時弄個投票，就這樣吧！」

既然計畫已確定下來，接著眾人分頭尋找合適的廢墟地點。

除了李銘成直接表態他就等著結果出來——畢竟他自己找的話，其他人也不用想嚇他了。

只要覺得不錯的，就直接貼上LINE，不知不覺累積的選項越來越多。

眼看大夥還在樂此不疲地提出新地點，張思嵐趕緊頭痛喊停。

再這樣下去沒完沒了，大家也很難進行投票。

她強勢地要求大家提地點時得附上推薦理由，不能看到什麼就都丟到群組。

這個附加條件果然澆熄不少大家熱情的火焰。

最後由周偉毅提供的地點勝出。

那是一個座落在湖邊竹林裡的廢屋，網路上資料不多，在廢墟愛好者中也算得上冷門。

起碼胡紹安他們都是第一次聽說竹林廢屋。

胡紹安也上網查了一下，驚喜地發現這間廢屋還有鬧鬼的傳聞。

不只如此，湖邊剛好有一幢民宿，這代表他們可以就近住在那邊，不用特別在廢墟與住宿處間辛苦奔波。

訂房和請民宿代買食材的事由高天翔聯繫。

等所有細節都敲定好，再過三天，就是廢墟追逐團的小旅行了。

雖說去的地方是個冷門景點，但誰也不希望旅途中還得人擠人。

因此胡紹安一行人選了平日出發。

胡紹安自己有車，當然不是新車，而是他老爸丟給他的二手車。

他老爸說現在大學生要有車才方便載妹，即使兒子不知道什麼時候才交得到女朋友，先準備起來也是好的。

胡紹安懷疑這只是他爸想趁機換輛新車。

總之因為有車，胡紹安這邊分配到兩名乘客——連心文和周偉毅。

兩人先在車站集合，然後胡紹安再開車接人。

想到連心文要坐自己的車，胡紹安前一天還特地把車送去清潔，免得髒兮兮的車子配不上對方。

胡紹安也沒忘記出門前抓個帥氣一點的髮型，好歹不能再一副乖乖牌的模樣，免得容易被人當弟弟對待。

胡紹安可是希望連心文能用看異性的眼光看自己，運氣好的話，他們兩人的關係說不定能有所突破。

到時候，他這台車就能實現載女朋友這個目標了！

胡紹安開車到車站，沒花太久時間就找到連心文和周偉毅。

周偉毅依舊那副不修邊幅的打扮，胡紹安的目光只在他身上停留一秒便迅速轉向連心文。

連心文今天穿的是素色T恤搭牛仔褲，戴了一頂棒球帽，一頭長髮滑順地披散在頸後。

和她平時在線上展現出的文青感不同，多了一絲活潑俏麗。

反正在胡紹安眼中就是超好看。

胡紹安降下車窗，朝還沒發覺他已經到了的兩人打招呼。

「哈囉，可以上車囉！」

「嗨，胡紹安。」連心文綻放笑容，笑得胡紹安心神盪漾，「謝謝你來載我們。」

「你好。」周偉毅只給出這兩字。

「前座後座都可以坐，看你們想坐哪？」胡紹安嘴上這麼說，心裡則是默默祈禱連心文能坐到自己旁邊。

令他大失所望的是，連心文選了後面的位子，周偉毅也跟著坐進去。

胡紹安努力不讓自己的失望太過明顯，如果這時叫連心文坐到前面來，未免太過刻意。

好在從後視鏡還能瞄見對方身影，多少給了他一點安慰。

現在要去的是個胡紹安以前從沒聽過的地方，爲了避免走錯路，他打開導航，設定好路線。

確認一切萬無一失後，車子開上了高速公路。

胡紹安事先做過一些功課，知道下高速公路後得先開一段產業道路，之後再轉入山路。

周偉毅一坐進車裡就低頭滑手機，渾身散發出「別搭理我」的氛圍。

胡紹安也不想管他，在線上就覺得對方很難聊了，線下更是像個蚌殼似地。

「連心文，我放個音樂喔。」胡紹安想藉此打開話題，「妳喜歡聽哪類的歌？」

「我都可以呀。」連心文微笑地說，「你隨便放沒關係，不用在意。」

沒打聽到連心文的喜好，胡紹安也不氣餒，乾脆就以今天要去的目的地當作聊天主題，「那間竹林廢屋聽說有阿飄耶，妳會怕嗎？」

「我反而很期待能碰上特殊體驗。」連心文素來柔和的語氣出現幾分興奮，「光想就很刺激。」

一說起感興趣的事，連心文就像打開了話匣子，開心地與胡紹安分享自己以前的經驗。

胡紹安認眞地應和，不時還從後視鏡偷看連心文。

連心文雙眼放光，臉頰微紅，整個人耀眼得不得了。

胡紹安唯一的遺憾是車上多了一個周偉毅，不然就是兩人世界了。

他沒忘記自己還在開車，偷瞄也不敢瞄太久，幾秒便收回目光。

就在胡紹安又一次偷瞄後座之際，周偉毅忽地從手機裡抬起頭。

胡紹安還以爲自己被發現了，心跳差點漏一拍。卻看見對方的視線是朝連心文的方向飄，沒一會又收回來。

胡紹安起初以為只是碰巧，可接下來竟多次抓到周偉毅往連心文方向看了數回。

周偉毅為什麼要偷看連心文？

他該不會……也對連心文有意思吧？

這個念頭一冒出，胡紹安心中登時警鈴大作。

他作夢也沒料到周偉毅會是自己的情敵！

想到自己喜歡的人和隱性情敵此刻坐那麼近，胡紹安忍不住坐立難安。

他可不想平白無故地為周偉毅製造機會。

不過再一回想群組裡大家的相處，胡紹安高高提起的一顆心又重新放下。

周偉毅幾乎不發言，偶爾才在群組冒個泡，和連心文更是沒什麼互動。

怎麼看，都很難構得上威脅。

越想胡紹安越覺得是自己過度擔心了，再發覺周偉毅偷看連心文時，心裡甚至升起一絲優越感。

不過開上山路後，胡紹安可生不起半分其他心思了。

主要是山路實在太蜿蜒曲折，簡直像在考驗人開車的技巧。

胡紹安不敢開快，全程專注謹慎，就怕一不留神開出山路外。到時他哭都沒地方哭，更不用說車上可是還有兩個人。

胡紹安提高自己的注意力，連音樂都轉小了，雙眼專注地盯著前方，每過一處彎道都小心翼翼，就怕對向出現來車。

一番提心吊膽，他們這輛車總算平安抵達目的地。

他們這次前往的地點是青竹湖，顧名思義是一座擁有青翠竹林的湖泊。

民宿座落在湖邊，只要天氣晴朗，蔚藍天空就會倒映在湖面。周圍青竹林立，綠影搭上藍天，在青竹湖面形成一幅美景。

胡紹安出發前有做功課，也看過網路上分享的照片，青竹湖周圍景色優美，要是碰上起霧，更顯夢幻。

被薄霧環繞的民宿如同童話故事中的木屋，讓人心生嚮往。

不過親眼看見民宿外觀後，胡紹安只能說照片上的民宿被美化太多了。

實際就是棟樸實的兩層木造建築，幾乎沒什麼裝飾，就算用「粗糙」來形容也不爲過。

與現今流行的各式特色民宿相比，胡紹安他們要入住的這間青竹民宿無疑缺乏風格，外表甚至乏善可陳。

但想想高天翔報給他們的低廉價格，再想想民宿旁邊自帶的風景，胡紹安覺得也不是不能忍受。

民宿前面有一片空地可以停車，胡紹安剛把車子停好、正要熄火，就從照後鏡發現另一輛大器的黑色休旅車開了過來。

連心文扭頭一看，瞧見駕駛和副駕駛座上的都是熟人，李銘成跟羅依麗。

「沒想到他們比我們慢一點。」胡紹安打開車門，朝休旅車揮了揮手，「你們也到了啊。」

「選這什麼鳥地方……」李銘成停好車、從車內走出來後就是一通抱怨，「山路有夠難開，沒事幹嘛選這裡？」

「大家都同意呀，大家之中也有你。」周偉毅拎著自己的行李袋，輕飄飄地送來這句。

「要是知道路這麼難開……」李銘成不爽地咂了下舌，最後還是放棄爭論下去。

一是他人都來了，難不成現在直接打道回府？二是他才不想和周偉毅費唇舌，對方總會把話題帶偏到其他地方去，變得像是在雞同鴨講。

休旅車上的其他人也陸續下車，羅依麗的臉色比平常蒼白，看起來精神不振。

「妳還好吧？」連心文關心問道。

「一點都不好……」羅依麗哭喪著臉，說話變得有氣無力，「我暈車，山路好彎好繞……怎麼沒人事前提醒？差點都要吐了……」

「妳要是吐我車上，以後就別想坐我車。」比起女友身體不適，李銘成更在意自己這輛新買不久的車，「我告訴妳，清潔超麻煩的，下山時妳去坐胡紹安的車。」

「寶貝你太過分了……」羅依麗平時會在李銘成面前裝哭，但這下是真的想哭出來了，然而對方的下一句馬上讓她眉開眼笑。

「下山就帶妳去買包總行了吧。」李銘成不耐煩地說。

「太好了！那到時候就帶我去看G家的新品，它新出的另一款手提包我好喜歡！」羅依麗連暈車的不舒服都忘了，靠著李銘成就開始甜甜地撒嬌。

「這算什麼？有包治百病嗎？」張思嵐隨口調侃一句，雙腳一穩穩站在地面，她伸了一個大大的懶腰，「幸好高速公路沒塞車，不然到這邊要更晚了。啊……這裡空氣眞好！」

「眞的，空氣好好。」高天翔也學張思嵐來一個長長的深呼吸，感受到沁涼舒爽的空氣進入肺中，讓他整個人精神多了，「眞舒服！」

吸一口不夠，高天翔多吸好幾口，隨後轉頭眺望平靜的青竹湖。

青竹湖屬中型湖泊，環湖走一圈大概半小時左右。附近竹林繁茂，風吹拂過來竹葉會沙沙作響，有如大自然演奏的樂章，還能聞到淡淡的竹葉香氣。

胡紹安打開後車箱，拎出了自己的背包，也沒忘記替連心文拿出她的包包。

在連心文想接之際，他揚起一個大大的笑容，「這很輕，我幫妳拿就可以了。」

「我的也很輕，胡紹安你也順便幫我拿啊！」高天翔笑嘻嘻地舉高自己的行李。

「還有我的，都同學一場，胡紹安你就一起吧。」李銘成不落人後地起鬨。

「少來少來，你們的自己拿！」胡紹安好氣又好笑地拒絕，才不想當兩個男人的搬運工，「明明你們的力氣都比我大吧。」

「那我呢？」張思嵐故意湊熱鬧。

周偉毅沒開口，但他把行李袋往胡紹安遞出的動作意思也夠明顯了。

「拜託饒了我吧……」胡紹安招架不住，連忙向大夥求饒。

見狀，連心文也不好意思當那個特例，趕緊把自己的包包拿回來，「胡紹安，我自己來就可以了，眞的。」

胡紹安總不能硬拿著女孩子的包包不放手，只能惋惜少了一次可以在連心文面前表現的機會。

一票人在外面說說笑笑的聲音傳到民宿裡，很快有人推開門，從裡面走出來。是一名上了年紀、頭髮灰白，給人老實憨厚印象的老先生。

乍見到有人出現，胡紹安幾人下意識都停止說話，齊齊望向那名老人。

負責訂民宿的高天翔率先走上前，「我姓高，之前有打電話訂了四間雙人房。」

「啊啊，你好，你們大家好，我是民宿的老闆，敝姓張。」張老闆連忙招呼眾人，「我跟我太太都在等你們。房間已經整理好了，可以先進來辦入住手續，要先跟你們其中一位借身分證登記一下。」

「用我的就可以了。」高天翔跟著張老闆往民宿走去。

其他人也趕緊拿著各自的行李，一窩蜂地進入民宿。

原本坐在沙發上看電視的老太太立即站起來，一頭染成深棕的頭髮讓她看起來比老闆年輕幾分。

她熱切地與眾人打起招呼，告訴他們行李可以先放椅子或桌子上，自己則是轉身進去裡頭的廚房。

和樸實的外觀差不多，民宿的內部裝潢同樣走簡單路線。要不是還有辦公櫃台，乍看就像直接走進別人家的客廳。

「這民宿看起來好普通啊……」羅依麗和李銘成咬著耳朵，她喜歡漂亮華麗的東西，這間民宿完全不符合她的審美，「寶貝，早知道還是出國算了。」

「都來了，不然妳是要自己跑下山喔？」李銘成也看不太上這間民宿，他還以爲會是更適合放鬆度假的好地方，結果大失所望。

不過想想外面有風景可看，勉強還能忍耐一下。

住宿費和食材費之前已先匯給張老闆，高天翔只要拿出身分證，讓張老闆登記一下資料就算完成入住手續。

張思嵐和連心文湊在一起聊天，胡紹安很想加入，但聽到的都是一些跟化妝品、保養品相關的話題，他實在沒辦法跟著一起聊。

高天翔在等待時也忍不住東張西望，看到櫃台後的櫃子上擺了一些裝飾小物，最上層還有幾張照片。

胡紹安順著高天翔的視線看過去，「卡娜赫拉的玩偶耶，眞沒想到老闆他們喜歡這個。」

「也可能是他們的孫女喜歡。」高天翔指了指櫃子上層的照片。

雖然因爲相框反光，看不清楚照片人物的全貌，但仍能看出那些照片都有一名穿著洋裝的小女孩入鏡。

胡紹安觀察一下，發現照片色彩還很鮮艷，沒有舊照片那種復古感，推測那名小女孩是老闆孫女的機率大於女兒。

「來來來，天氣熱，大家先喝個茶。」老闆娘端著放了多個塑膠杯的托盤走回客廳，杯裡是黃澄澄的飲料，杯壁還滲著沁涼的水珠，「這是我們自己煮的麥茶，沒有加糖，冰冰涼涼的很好喝喔。」

「謝謝。」胡紹安順手拿起一杯，隨口拋出了問題，「阿姨，照片裡的小朋友是你們孫女嗎？」

老闆娘一愣，似乎沒想到胡紹安會突然問這麼一句。她回頭望了照片一眼，正要開口，登記完資料的老闆抬頭把話接了下去。

「對，是我們孫女。」

「喔，怪不得櫃子上有好多卡娜赫拉的玩偶。」胡紹安解了疑惑，咕嚕咕嚕地喝下冰涼的麥茶，感覺體內累積的熱氣都被一口氣沖散。

「這是你們的鑰匙。」老闆從抽屜裡拿出五支鑰匙，其中四支寫有數字，「這四支是房間鑰匙，房間都在二樓，看你們要怎麼分配。然後這支是民宿大門的鑰匙，你們外出時記得要把大門鎖上。」

「還要我們自己鎖？不是電子鎖喔？」李銘成靠過來，語帶幾分挑剔，「這樣也太不方便了吧。」

「畢竟我們這裡是老房子嘛。」老闆和氣地笑了笑，「就要拜託你們到時候多注意一點了。」

「老闆你們沒住在這裡嗎？」李銘成問道。

「我們不住這邊，我們住在更後面一點。」老闆大略比了個方向，「離這有一小段距離，有事可以打手機給我，號碼高先生那邊有。通常我們是等最後一組客人入住後才會離開，不過今天被你們包棟了，等等就把空間留給你們。」

「包棟耶！」胡紹安把握連心文沒和張思嵐聊天的空檔，興奮地對她說道：「今天就是我們的天下了！」

「對啊，包棟真的太幸運了。」連心文扺出一抹秀氣的笑容。

胡紹安看著那抹能吹拂他心中漣漪的微笑，心跳頻率變快了一下。

雖然知道不可能跟連心文睡一起，但要是剛好能在隔壁房也很棒，等等他一定要搶到連心文隔壁的那間房。

「欸，你們幾個！」高天翔忽然拉高音量，把站在另一邊的胡紹安幾人喊過來，「過來聽老闆說明一下。」

胡紹安、連心文和張思嵐挪動腳步，一塊圍到櫃台前。

老闆開始爲大夥講解民宿裡要注意的事。

屋子裡的設施都能使用，廚房也可開伙，用過的杯子碗盤要記得洗乾淨，放旁邊晾乾。

二樓上面還有個小閣樓，那邊是堆雜物用的，門沒上鎖，但沒事也別到裡面去。如果民宿的電話響了不用管它，會自動轉接到他的手機。

「電話不會響啦，這兩天故障壞掉了。」老闆娘打岔提醒，「你自己說要叫人來修的都忘了喔。」

「啊，對喔！」老闆一拍額頭，「我還眞的忘了……那就沒事，不用管電話，然後外面右邊的竹林晚上時盡量別過去。」

「右邊竹林……」胡紹安回想一下，右側的竹林好像比左邊更濃密些，「那邊怎麼了嗎？」

「主要是怕在裡面迷路啦。」老闆解釋道：「那邊的竹林後方又接著森林，如果走得太深，很容易找不到方向被困在裡面。」

「我們當地人也不太會在晚上跑去竹林裡。」老闆娘跟著說，「還有晚上要是看到有竹子倒在路上，記得千萬別跨過去，繞開它走過去就好。」

「什麼意思？」羅依麗一臉茫然，「有竹子倒在前面，爲什麼不能跨過去？」

胡紹安幾人你看我、我看你，都不知道老闆娘爲什麼特別這樣說。

「竹子有什麼不對嗎？」高天翔問出眾人的心聲。

「那種竹子我們都叫它竹篙鬼啦……」老闆娘不自覺壓低了聲音，「不是斷掉的竹子，是折下來倒在路上，但沒斷的那種竹子。」

「竹子本來就比較招陰，以前的人都說那種忽然橫在路上卻沒斷掉的竹子其實是鬼怪變成的……要是有人跨過去，竹子就會忽然彈起來把人吊在空中。」

「還有一種說法是跨過去的話，那個人不久後就會死掉。你們年輕人不要不信邪，老一輩說的都嘛有他的道理。」

胡紹安還是頭一回聽到「竹篙鬼」，他望了同伴一眼，發現他們的神情跟自己差不多，茫然中帶著狐疑，顯然也是第一次聽說。

他心裡對這個說法不以爲然，他們廢墟都闖過那麼多次了，也沒有哪一次眞的碰上什麼鬼怪啊、精怪啊，所有不科學的體驗到現在都還未曾有過。

但心裡想歸想，胡紹安表面依舊裝作認眞地聆聽，一副虛心受教的乖孩子模樣。

李銘成則是毫不掩飾自己的嗤之以鼻，「這都是不科學的傳說啦，阿姨妳不要太迷信。竹子哪可能是鬼變成的？竹子就只是竹子，不然照妳說的，青竹湖旁邊不都有一大堆的鬼了嗎？」

「哎唷，你們才不要那麼鐵齒，老人家的話要聽一下。」老闆娘苦口婆心地勸說著。

李銘成是那種別人越說，他就越要槓回去的類型。

胡紹安和高天翔了解他的個性，深怕他眞的不管不顧地跟老闆娘吵起來，那場面就會變得不太好看。

他們對望一眼，迅速分工，一個利用體型優勢強行把李銘成往後面拖，一個則趕快岔了新問題。

「阿姨，我看網路說青竹湖附近是不是有個廢屋啊？被稱爲竹林廢屋那個。」

「嗯？什麼屋？」老闆娘一時沒反應過來。

「聽說青竹湖附近有個沒人住的屋子……」胡紹安暗地裡朝老闆娘擠眉弄眼，希望她看懂自己的暗示，跳過竹篙鬼的話題。

「啊啊，你們說那間啊！」還是老闆先想起來，原本和善的笑臉變成一張苦瓜臉，「那裡喔……那地方還是別靠近比較好。」

「什麼？什麼？」羅依麗被引起興趣，耳朵豎得高高的，「那裡怎麼了？那裡該不會……還是個鬼屋吧？」

「沒啦，你們不要聽網路上亂說！」老闆想也不想地否認。

李銘成挑高眉毛，感覺老闆否認的速度太快，表情也隱隱有異，反倒挑起了他的興趣。

「網路上是怎麼說的？」李銘成問。

「就是……」老闆似乎沒想到會被追問下去，面上浮現幾分難色，說話也欲言又止，「就是說有看到鬼影啦，聽到有女人在哭啦……這都假的啦。」

「既然是假的，為什麼還要我們別靠近？」李銘成窮追不捨，「你們剛不是都說有那什麼竹子鬼了？」

「是竹篙鬼。」周偉毅驀然出聲糾正。

李銘成才不在乎是竹子鬼還竹篙鬼，他對那間所謂的竹林廢屋越來越好奇了。

「老闆，跟我們說一下啦。」羅依麗哆哆地央求，濃密的長睫毛眨動幾下，「拜託啦，我們都很想知道呢。」

「對啊，老闆，你就說嘛。」胡紹安也催促著。

面對眾人熱烈的目光，老闆像是迫於壓力，最終吞吞吐吐地告訴他們竹林廢屋以前究竟發生什麼事。

原來四十幾年前那裡還有住人，是個一家五口的家庭。

原本家庭和樂，夫妻之間感情和睦，三名小孩也乖巧聽話。可沒想到父親後來經商失敗，在外欠下大筆債務，時常有債主上門催討。

但債務實在太龐大，那對夫妻完全無力償還，面對有如豺狼虎豹般的債主，他們選擇走上絕路，帶上三名孩子一同離開人世。

等到被人發現時，兩名大人和三名小孩已陳屍在屋子裡多天，屍體旁邊還有幾個農藥空瓶。

後來那間屋子被轉手多次，也搬進來不同的住戶，只是每一次住得不久就又匆匆搬離。

最後那間屋子再也沒有人入住，一直荒廢至今。

「所以以前住在那的那些人……」張思嵐呑呑口水，搓搓手臂，「該不會是眞撞鬼了？天啊，我都要起雞皮疙瘩了……」

「這我就不清楚了，我也是聽人說的。會要你們別靠近，是因爲畢竟那裡曾有人自殺，實在不是什麼參觀的好地方。」老闆擺擺手，語重心長地勸告著，「青竹湖好看的景點很多，眞的沒必要去那裡湊熱鬧。」

胡紹安幾人表面點頭應好，反正等老闆和老闆娘離開後，他們就算跑去竹林廢屋也不會有人知道。

「不過那對父母……實在是有點不負責任。」高天翔忍不住發出感慨，「小孩子多無辜，就這樣被強迫跟著他們一起走上絕路……」

「說到不負責任的父母……」羅依麗被勾起記憶，「我記得以前看過一則新聞，也是父母親沒盡好責任，沒看好小孩，讓人爬到陽台上，結果最後失足墜樓，人就這樣沒了……實在很可憐，要是家長那時候有多注意……」

突來的「哐啷」一聲，打斷了羅依麗的話。

原來是老闆不小心弄倒桌上的筆筒，他一邊收拾，一邊不好意思地對眾人連聲道歉。

張思嵐和連心文離得比較近，也幫忙老闆撿起掉落在地上的筆。

經過這段小插曲，羅依麗也失去對原來話題的興趣，她挽著李銘成的手臂，嚷著想趕緊上樓挑房間。

見狀，老闆和老闆娘不再多留，和胡紹安一行人道別後，就把民宿的空間留給他們自由使用。

第二章

等到民宿老闆和老闆娘一離開，大門掩上，胡紹安和高天翔率先歡呼一聲。

「好耶！這裡是我們的天下了！」

「看看你們這副模樣，簡直像沒見過世面一樣。」李銘成對自己的兩個同學表示嫌棄，「只是一間破民宿而已，有什麼好激動的。」

「你不激動，那等等你最後選房間喔！」胡紹安笑嘻嘻地說。

「那就先感謝李銘成同學的禮讓了。」張思嵐拎起自己的包包，目光落在櫃台的房間鑰匙上，「欸，有四間房，但我們七個人，也就是說……」

「有一個人可以自己睡一間。」周偉毅慢呑呑地說，「我覺得那個人就是我。」

「哪有這樣的？我覺得我也很適合。」胡紹安早就覬覦那個房間許久，才不想這麼簡單讓出去，「不瞞你們說，我出門前先卜過卦，卦相說我就是一個人睡的命。」

「聽你在屁！」李銘成的白眼都要翻到頭頂上了，「我看你還是單身一輩子的命呢！」

「呸呸呸，少亂說！」胡紹安偷瞄笑容可掬的連心文一眼，恨不得撲向李銘成，掐著他的脖子讓他別亂講話。

萬一好的不靈、壞的靈該怎麼辦？他可是肖想這次旅行能夠和連心文建立一點特殊關係的！

「好了，冷靜點。兩位小朋友，請冷靜一點。」張思嵐拿出大姊姊的威嚴，這次她沒忘記加上人數，以免周偉毅又在旁邊嘀咕著他才不是小朋友，「總之，不是誰先說，誰就能享有一個人睡的特權。公平起見，我們就來……」

「來猜拳吧！」高天翔搶先一步道，他眼疾手快，一把掏起櫃台的所有鑰匙，朝眾人展示，「想要獨自睡的站出來，然後猜拳決定輸贏。」

「那挑房間的順序呢？」李銘成計較起另一件事。

他帶著女朋友一起來，當然不會想要一個人睡，可也不想要分配到很爛的房間。即使周偉毅之前有先傳民宿的一些照片到群組，但來到現場看過才知道，那些根本都算得上是「照騙」了。

說不定房間也一樣。

想到很可能住到爛房間，李銘成的眉頭皺得像要打結。他在心裡第一百零一次地後悔幹嘛不堅持出國，偏偏要來這種鳥不生蛋的地方度假？

「那就分兩次猜拳吧。」張思嵐一鎚定音，不給大家爭論的機會，免得分配個房間也能沒完沒了，「想自己住的先猜，猜完再一起猜第二輪，贏的先選房間。這樣總沒意見了吧，有也不接受。」

「……獨裁。」周偉毅小小聲地吐槽，換來張思嵐犀利的一眼。

周偉毅閉上嘴，好似剛才說話的人不是他。他往前站一步，表明自己要參加第一輪的競爭。

一同參加的人還有胡紹安跟高天翔。

「只有我們三個喔？」人數比胡紹安預估的要少。

連心文站到張思嵐旁邊，「我跟思嵐之前就說好了，我們要睡同一間。」

「女孩子當然跟女孩子貼貼，晚上還能聊點私密話題。你們快點猜拳。」張思嵐催促，她想趕緊上樓選房間，順便放行李。

「我和寶貝當然是不分開囉！」羅依麗緊黏著李銘成。

胡紹安被那聲黏膩的寶貝激得都起雞皮疙瘩了，他舉起手，與另外兩人一起喊著剪刀石頭布。

一局就分出勝負。

由高天翔獲得了自己獨佔一間房的福利。

胡紹安失望地嘖了一聲，隨即一個不妙的預感竄出，他猛地扭頭看向其他人。

大家都兩兩分好了，高天翔又是自己一個人睡，這豈不是表示他得跟……

「那就周偉毅跟胡紹安同房啦！」張思嵐迅速宣告結果，無視胡紹安垮下的臉，「現在各房派代表出來猜第二次，先贏的先上去選房間。」

想到自己接下來得跟最難聊的周偉毅同房，胡紹安頓時失去大半興致，他有氣無力地揮揮手，要周偉毅自己去猜拳。

或許是老天也不忍見胡紹安這麼鬱悶，這輪猜拳，周偉毅得到了第二順位。第一是張思嵐她們那組。

胡紹安眼睛瞬間亮起，這不就是能選在連心文她們隔壁房間的大好機會嗎？他也不裝自閉了，在張思嵐兩人挑好房間後，馬上拉著周偉毅選了她們隔壁間。

順序第三的高天翔選了靠閣樓樓梯那間；而最底端、能看的湖景也最少的房間，則是屬於李銘成他們。

李銘成的嫌棄表露無遺，可偏偏就是他自己猜輸了，只好罵罵咧咧地把行李放到房間裡。

羅依麗對於窗外看不到什麼風景也大感失望，最後只好安慰自己，下山後還能去買包，忍一忍就過去了。

但嘴上仍然忍不住想要抱怨幾句，「這房間的窗戶好小喔，天花板也有點低，給人的感覺好窄喔……」

「那妳剛是不會去猜拳喔！」李銘成本就對分到的房間不滿了，聽到女友還在那挑三揀四，憋在心裡的幾分火氣登時膨脹，「有辦法妳去找人跟我們換啊！」

李銘成突來的怒意嚇了羅依麗一跳，心裡忍不住也湧上一絲惱火。

猜拳的時候明明是你搶著要猜的，還說自己向來運氣好，現在又把氣撒到我身上是怎樣？

羅依麗差點想反唇相譏，但理智及時拉住她，要是這時和李銘成吵起來，別說看中的包包會泡湯，就怕還可能一怒之下跟自己提分手。

那怎麼行？好不容易才找到這麼一個長得還行、身家不錯，出手也大方的男朋友，要是分了，她以後要怎麼跟她的姊妹團炫耀？

「寶貝你別氣啦，我剛也不是故意要說那些的……」羅依麗內心對李銘成猛翻白眼，表面則是放軟態度，裝出一副楚楚可憐的模樣，「我就是覺得你應該得到更好的，那間最大、風景也最好的房間才更適合你嘛。」

「哼，那是張思嵐她們這次碰巧運氣好，不然原本的第一應該是我才對。」李銘成被羅依麗捧得心情稍微好轉，也不再把不滿發洩在她身上，「算了，這次就讓給她們吧……東西放一放就趕緊出去。」

繼續待在房間裡，李銘成覺得心情只會變得更差。

其他人放好行李後也紛紛從房裡出來，在走廊上會合。

「按照行程，我們接下來是去找那個竹林廢屋對吧，還是說你們想先在湖邊走一走逛一逛？」張思嵐確認大家的意見。

「我想去看竹林廢屋。」連心文迫不及待地表態。

「我也是。」胡紹安二話不說跟著連心文的意見走。

「廢屋。」周偉毅舉起手。

「我都行，不過……」高天翔拿出手機看時間，「我是跟老闆他們約晚上六點烤肉，到時候他們會提早過來替我們準備食材，大家記得別太晚回來就行。」

「唔，那就先去找廢屋吧。」張思嵐沉吟一聲，「要是有多的時間再去其他地方走走。你們知道廢屋的具體位置嗎？剛剛忘記跟老闆他們問詳細一點了。」

「我看網路上是說……」胡紹安抱胸回想。通常廢墟不會標明地址，但多少會給出一個大致的方向或地點特徵，「青竹湖右邊竹林一直走下去……」

「右邊？老闆他們是不是要我們晚上別往右邊竹林去？」羅依麗霍然想起。

「現在天還亮得很，怕什麼？」李銘成嗤笑一聲，「那就去右邊的竹林，看看那棟死過五個人的屋子吧。」

「你到那屋子時可別這麼說，對死者不尊重，萬一人家找上你怎麼辦？」高天翔不贊同地對李銘成說。

「我才不怕。」李銘成嘴硬地說，堅持營造不怕鬼的人設，「你們要是想在那邊嚇我，估計要失望了。」

「幹！我都忘了！說好要試膽嚇嚇你這傢伙的……」胡紹安懊惱無比地耙耙頭髮，「只記得要來這烤肉兼廢墟探險了。」

「啊！對耶！十萬塊！」高天翔心痛地按著胸口，彷彿看到鈔票在自己面前長翅膀飛走了。

「哼哼，現在想嚇也還來得及，不過別以為能成功。」李銘成看著其他人扼腕的臉色，嘴上猶在逞強，心裡卻是大大鬆一口氣。

幸好這些人沒來得及事前做準備，這樣一來，他只要把他們盯得緊緊的，他們就沒有能夠暗中做手腳的機會。

他們絕對別想成功嚇到自己！

民宿客廳放有青竹湖周圍的簡易地圖供遊客拿取。保險起見，胡紹安他們還是拿了幾張帶在身上，好方便辨認大致方向。

今天天氣正好，午後日光金燦燦地落至各處。草地、湖面、竹林和遠方的山巒，都像被塗抹上一層耀眼金漆，泛著淡淡的炫目流光。

倒映著山影和竹影的青竹湖添上日光後更顯波光粼粼，偶爾還能見到小魚跳躍，帶出一束四濺的細碎水花，猶如珍珠落下。

可惜風景美歸美，過熱的艷陽卻讓人難以在毫無遮蔽物的地方久待。

胡紹安一行人在湖邊佇足一會，就熱得快步往右方竹林逃竄。

繼續在原地曬下去，他們今晚也不用吃什麼烤肉了，吃他們自己就可以。

甫踏進竹林，眾人即刻感到變得涼爽，周遭空氣大大地減少了悶熱感。

竹林中有一條人工痕跡明顯的步道，如果胡紹安他們是普通遊客，也會沿著這條路走。

但偏偏他們不是，他們可是廢墟追逐團。

進來竹林中，就是爲了尋找那棟傳聞中的竹林廢屋。

「我看看……」高天翔攤開地圖，抬頭又張望一下方向。只是放眼望去盡是大同小異的碧竹，很難具體分辨東西南北，「哇，這個……隨便走的確挺容易迷路的，我們還是想辦法做個記號吧。」

「我有帶繩子。」張思嵐從包包裡掏出祕密武器，一小捆塑膠繩，「把繩子剪斷綁在竹子上，我們回來就不怕找不到路了。」

「直接開孤狗導航不就好了？」羅依麗歪著頭，理所當然地說，「沿路綁繩子很麻煩耶。」

「妳有沒有帶腦子啊？竹林裡是有路名讓妳定位嗎？」李銘成拍上額頭，彷彿再也受不了自己女友的愚蠢，從羅依麗手裡抽出手臂，大步一邁，和對方拉開了距離。

「寶貝？哎，寶貝！」羅依麗跺跺腳，想追上去，又怕李銘成再甩臉色給她看，再怎麼說，一再拿熱臉去貼冷屁股她也是會不耐煩的。

最後她乾脆改跟張思嵐她們一起，省得還要再受男友的氣。

「李銘成有時候說話就是這麼衝，妳別放在心上。」高天翔靠過來，接過張思嵐的塑膠紅繩，順道安慰起鬱悶的羅依麗，「美女還是要多笑才好看，尤其像妳這麼漂亮的美女。李銘成能交到這麼美的女朋友，都是他運氣好，待會他一定就會認知到自己的錯誤了。」

誰能抗拒好聽話？起碼羅依麗就不能。

高天翔的一番話不但讓她噗哧一笑，也大大滿足了她的虛榮心。

「我也來幫忙吧。」羅依麗包包裡隨身攜帶小剪刀，正好能幫高天翔剪短繩子。

高天翔低下頭，聲音壓得低低，「不過要是換作我，哪捨得讓像妳這麼漂亮的女生生氣呢？」

羅依麗先是一怔，接著摀著嘴咯咯笑起，臉龐也飄起了一抹淡淡的紅暈。

從走在最後的胡紹安眼中看來，靠得極近的兩道人影間似乎縈繞著一縷若有似無的曖昧。

嘖嘖，高天翔該不會想搶李銘成的女友吧？胡紹安往旁邊走幾步，觀察起更前方的李銘成。

從背影看不太出來，但胡紹安還是敏銳地留意到對方步伐好像刻意放慢了一點，不再像先前那樣一直往前。

胡紹安對於自己的兩個同學和羅依麗之間會不會發展成三角戀沒太大興趣，那是別人的感情事，他在旁邊看個熱鬧就行。

更何況他自己的感情事都還沒個著落呢……想到這裡，胡紹安憂愁地嘆口氣。

張思嵐和連心文手牽著手在他前面說悄悄話，但那氣氛怎麼看都不適合他一個大男生貿然加入。

一個人落單走在最後感覺實在太可憐了，既然沒辦法加入女生的話題，胡紹安乾脆加快腳步，來到最前面的李銘成身邊。

聽見腳步聲接近，李銘成得意地勾起嘴角，以爲是羅依麗，結果轉頭一看，看到的卻是胡紹安的臉。

「是你喔……」李銘成整張臉直接垮下，毫不掩飾對胡紹安的嫌棄。

「擺那什麼臉，我都沒嫌你耶。」胡紹安踢了李銘成小腿肚一腳，「你走那麼快幹嘛？當心迷路沒人救你。」

「屁，誰會迷路！」李銘成哼了一聲，可走路的速度不知不覺更爲緩慢。

胡紹安沒說破，以免李銘成又嘴硬地跟他吵起來。

竹林裡不時有風吹入，帶動垂落在竹枝間的細長葉片，發出沙沙沙、沙沙沙的聲響，宛如有誰在耳邊輕聲細語。

高聳的青竹挺拔向上，遮擋大部分日光，雖然同樣抵擋了熱度，但多少也讓竹林裡顯得陰暗了些。

「這個要是晚上走，肯定很有FU的……」胡紹安左右張望，不自覺喃喃自語。

李銘成選擇閉上嘴，拒絕附和話題。

反倒連心文耳朵尖，聽到了胡紹安的自言自語，三步併作兩步地上前，「你也這麼覺得嗎？」

「哇！」沒料到連心文會無預警跑到自己身邊，胡紹安險些蹦離地面，他急忙掩飾緊張，結結巴巴地說，「對、對，深夜竹林裡的廢屋……聽起來就很不錯吧。」

「沒錯、沒錯，很刺激呢。」一聊起喜歡的事物，連心文的話變多不少，一改平時秀氣文靜的樣子，「要不要我們烤完肉就來個……」

「啊！幹！」李銘成突地大叫一聲，所有人刹那間都像被按下暫停鍵，話語停在了嘴邊。

李銘成無暇去管其他人是否被他嚇到，他看著自己鞋底和鞋面沾到的爛泥，髒話控制不住地再次飆出。

「幹幹幹！爲什麼這裡會有泥巴！」李銘成簡直要氣炸了，這可是他新買不久的限量款球鞋。

「之前下過雨吧……」胡紹安記得中南部前幾天都還是大雨，「不過你也真衰，大家都沒中獎，就你中。」

「這也算運氣好的一種嗎？你之前不都嚷著你運氣好？」高天翔不客氣地取笑。

李銘成暫時沒心情跟同學打嘴炮，朝高天翔豎起中指。他四下搜尋，想找塊石頭讓他能蹭掉鞋底的泥巴。

不久還眞被他找到。

就在左前方的竹群當中，隱隱約約立著一塊高度大約到成年人小腿肚的石頭。

李銘成二話不說上前，抬腿將鞋底壓在石頭邊緣，使勁地摩擦，試圖讓埋陷在縫隙裡的泥巴脫落。

「欸，你踩的那個……好像不是普通石頭？」胡紹安眼尖地注意到石頭上似乎刻著字。

他靠上前一看，發現確實刻了幾行字，但字跡早就模糊不堪，看不出究竟寫了什麼。

「石頭就是石頭，哪還分什麼普通不普通的？」李銘成毫不在意地說。他低頭檢查鞋底，見還有一些污泥頑強地卡在縫隙裡，不禁彈了下舌頭，「嘖，沒辦法完全弄乾淨……」

「算了啦，晚點回去用水沖一沖就好！」高天翔在後頭喊一聲，「我們要繼續往那邊走了，你們弄好就趕快跟上！周偉毅在網路上找到更詳細的路線指引了！」

「等我一下，你們別想跑我前頭去！」李銘成放棄繼續清理鞋底的泥巴，扭頭就朝著高天翔幾人的方向追去。

萬一讓那些人先到竹林廢屋，誰知道會不會暗中弄些小手段故意嚇他？

胡紹安趕緊跟上，但走了幾步驀地停住。

「胡紹安？」連心文發覺胡紹安落後，回頭催促地喊了一聲。

胡紹安猶豫一瞬，還是下定決心，「……等我一下，很快！」

話聲落下，他飛快地跑向方才被李銘成踩上的那塊石碑，從口袋裡掏摸出一包面紙，抽出幾張，將石頭上沾到的泥巴全都擦掉。

不是說胡紹安有多愛護環境，主要是他意識到這塊石頭應該是被立在這裡的石碑，上面還刻了字。

而會出現在這種冷清竹林裡的石碑，很可能是用來紀念什麼，或者說……

祭拜什麼。

無論如何，恐怕都含有特殊的意義。

李銘成那種舉動無疑就是對石碑的不敬。

連心文小跑步過來，「胡紹安，你這是在……」

「我只是想，這石碑或許是祭拜或紀念用的，弄髒似乎不太好。」胡紹安把髒兮兮的衛生紙揉成一團，隨手先塞在褲子後面的口袋，打算等回民宿再丟，「這想法是不是有點傻？」

「我也覺得隨便亂踩石碑不太好，不過……」連心文難爲情地小聲說，「我也不敢阻止李銘成。」

「阻止他，他鐵定會發飆。他的脾氣就是喔……」胡紹安也放低音量，像在和連心文說著悄悄話，「反正到時候場面會變得不太好看，說不定大家還會吵起來，妳不說反而是對的。」

「這樣嗎？」連心文像被安慰到，又彷彿想要彌補之前自己不敢勸阻的行爲，她探頭望了一眼石碑，看見還有一處小角落的泥巴沒擦乾淨。

她連忙上前把那小塊泥巴撥落，又回頭對著胡紹安笑了一下。

就在這瞬間，竹林裡吹過一陣大風，竹葉響動的聲音更大，恍惚中像是有誰在拍手歡呼似地。

胡紹安不自覺地抬高頭，眼裡映著沙沙響動的青碧竹葉……

第三章

「喂！你們——」

張思嵐不知何時折返回來，雙手圈在嘴邊，對著胡紹安和連心文高聲喊。

「還不快點跟上！前面好像找到竹林廢屋了！」

「什麼？真的嗎？」

胡紹安和連心文萬分驚喜，轉眼就把石碑的事拋到腦後，急切地跟著張思嵐一起往另一方向走。

沿路上還能見到用來做記號的紅色塑膠繩綁在竹身上。

過沒多久，胡紹安他們就瞧見有建築若隱若現地出現在竹林後。

等到他們走近一看，高天翔幾個人已在一棟兩層樓高的屋子外。

那是一幢半木構造的屋子，木板嵌在灰白色的外牆裡，突顯出木頭紋路的走向，屋頂是黑色的，像兩隻張開的手掌斜斜地撐在最頂端。

外牆少許部分仍保留白色，但大部分都髒兮兮的。油漆斑剝與形狀不規則的大片污漬形成一張張怪異的鬼臉。

牆上的木板有些爬上了霉斑，有些從細縫裡鑽出雜草，大門門板不知流落何方，露出一個深黝的門洞。

生鏽的藍色門牌掉在門洞旁，上頭鏽跡斑斑，但依舊能清晰看出門牌號寫著155。不甚明亮的光線從外照入，映出屋內部分輪廓。看得出門口內滿地泥沙，還有雜亂的動物腳印朝著各方向延伸。

外觀來看，竹林廢屋的保存狀況還算好，整體結構沒有太嚴重的損傷，就是缺了大門，一、二樓窗戶玻璃破碎，在晦暗的陰影裡如同一隻隻受傷的眼睛。此刻那些眼睛正像是瞬也不瞬地盯著屋外一群不請自來的外來者。

「你們也太慢，是半路掉到哪去了？」聽見後方動靜的高天翔回過頭，笑罵了一句。

「該不會是談情說愛去了吧？」羅依麗露出曖昧的笑容。

胡紹安耳根一熱，仍是極力穩住表情。如果這時他一尷尬，那麼連心文也會變得尷尬。

「你們都還沒進去吧？」他假裝沒聽見羅依麗的打趣，問向其他人。

「還不是爲了等你們。」李銘成嘖了一聲，「不然早進去了。現在人到齊，可以了吧。」

「等一下，我先拍個照……」周偉毅拿出給人感覺專業的相機，對著廢屋從各個角度拍攝。

他的動作也提醒眾人，紛紛拿出自己的手機或相機取景拍照。幽深的竹林裡出現一幢許久無人住的廢屋，大多數人看了都會感到毛毛的，只想繞道而行。

但對於熱愛廢墟的胡紹安等人來說，卻是一處絕佳的探險寶地。

「先說好，誰都不准偷跑進去，要就一起行動。」李銘成嚴格要求，爲的就是讓這群傢伙沒辦法暗中嚇他。

一夥人在屋外拍得心滿意足後，李銘成堅持打頭陣，要其他人跟在他身後。

一踏進屋內就能聞到一股濕冷的味道，很可能是濕氣長期積累造成的。

胡紹安揉揉鼻子，壓下想打噴嚏的感覺，手裡不忘拿著手機，讓自己隨時可以拍照。

大門進來就是一間稍空曠的廳室，一張缺腳的椅子橫倒在圓桌底下，還有一台笨重厚實的電視機放置在矮櫃。

電視機的螢幕破了一角，剩餘部分爬著大片如蛛網的裂紋；灰黑的螢幕倒映著眾人的身影，映在上面的影子好像都跟著扭曲變形。

屋內的牆壁和天花板遍布灰塵，地板到處都能踩到細碎沙石，鞋底一碾，就會製造出細碎的沙沙聲響。

不是沒有人想單獨去其他房間查探，但只要有人想脫隊，李銘成就會尖銳地發出警告。

高天翔和胡紹安早知道他的個性，羅依麗不想再惹怒自己男友；其他兩名女生則是不想出頭和他發生衝突，周偉毅更是一副無所謂的模樣，只顧著專心拍照。

如此下來，一群人倒也算是相安無事地繼續在廢屋裡探索。

客廳後面接連著廚房，左邊是一間擺著木頭床架的房間，一只破舊的布娃娃躺在地上，隔壁還有一間窄小的廁所。

廁所裡的馬桶爬滿青黑污漬，地板上鋪著花磚。只不過時間久了，上頭的圖案被髒污覆蓋，只露出些許鮮明色彩，彷彿歲月將那個小角落保存了下來。

高天翔好奇地轉動水龍頭，沒有水流，「果然沒水啊……」

「這裡都不知道斷水斷電多久了。」廁所太窄，胡紹安待在門口處探望。

「你們兩個動作快一點！我們要準備上樓了！」李銘成在走廊上扯著嗓子喊。

「知道啦。」高天翔從廁所裡走出來，和胡紹安跟上隊伍。

通往二樓的樓梯就在接連客廳和廚房之間的那段通道上，樓梯間自然沒有亮燈。加上兩側沒有對外窗，從下往上看過去，只能看見一團深暗盤踞在盡頭，猶如一隻詭異的黑色怪物等著人自投羅網。

下一秒那團黑暗被光線驅散。

李銘成打開手機的手電筒，強力光束直射上方，映亮了樓梯口的景象。就是個普通的樓梯口，牆上歪斜地掛著一幅畫，畫中是一隻貓。

李銘成抬高手機，光線正好打在貓的青碧眼睛上，乍看之下畫裡的貓眼在閃閃發光，像是兩團小火炬。

李銘成才不會說自己被那雙眼睛嚇到，他抿直嘴唇，手機下移，讓光照往別處。然後就這樣照亮了另一雙發光的眼睛。

幽深的碧光宛如鬼火。

「靠靠靠！」李銘成一個不穩，險些握不住手機，他的心臟幾乎漏跳一拍，腳步也急急往後退，撞上了來不及反應的高天翔。

高天翔剛伸手扶住李銘成，一聲尖銳的「喵」就迴盪在樓梯間，同時也像石頭砸進所有人的心湖內。

下一刹那，發光眼睛的主人以迅雷不及掩耳的速度衝下樓梯，黑黝黝的身軀如同一團黑雲，「唰」地擦過李銘成和羅依麗腳邊。

李銘成緊緊閉著嘴巴，才沒讓慘叫衝出口。

「呀啊啊啊！」同樣受到驚嚇的羅依麗直接煞白了臉，反射性跳起尖叫，雙手緊緊摟抱住身邊最近的人。

胡紹安眼明手快地將手電筒對著那抹疾速逃竄的黑影照去，雙眼及時捕捉到短暫的畫面。

漆黑的毛皮和漆黑的長長尾巴，赫然是一隻黑貓。

「是貓！那只是一隻黑貓！」胡紹安大聲說。

「嚇我一跳……」張思嵐連連拍著胸口，「羅依麗叫得太可怕了，我還以爲是什麼恐怖的東西……」

「我又不知道那是貓，牠還碰到我的腳……嚇死我了！」羅依麗心有餘悸地望向黑貓跑出的方向，手還不自覺把那個能給她安心感的東西抱得緊緊，「這裡怎麼會有貓？還是黑貓耶！」

「黑貓又怎樣？妳是想抱高天翔抱多久？」李銘成臉色有些難看。自己的女朋友跑去抱別的男人，身體還貼那麼緊，他的面子還要不要？

「咦？哇啊！」羅依麗回過神來，才發覺自己無意中抱住的原來是高天翔，怪不得抱起來格外有安全感，體格和肌肉跟自己男友完全不一樣。

心裡想的她自然不可能說出口，而是迅速露出委屈的表情，「我那是以爲寶貝你在我旁邊，才抱那麼緊的……」

像要證明自己所言不假，她趕緊上前兩步，小鳥依人地貼偎在李銘成身側。

李銘成勉強被安撫住，可投向高天翔的眼神多少帶有不善。

高天翔舉起雙手，表示自己沒有任何特別的意思。

——但究竟有沒有，恐怕只有他自己知道。

「黑貓，不吉利。」周偉毅像是自言自語地說。

「你說什麼？」胡紹安沒聽清楚，納悶地問。

「他說黑貓不吉利。」離得近的張思嵐說道，一雙細長眉毛不自覺擰起，「在這種地方忽然出現黑貓是有點嚇人。像我待的那些劇組在開機時要是碰到黑貓，也會拜一下，以免接下來工作不順。」

「有什麼好不順的？」被剛才的黑貓一嚇，李銘成心情有些不爽，「野貓跑進空屋不也很常見？」

「重點是黑貓、黑貓。」張思嵐強調著，「黑貓自古以來就給人不吉利的感覺，而且這裡也不是普通的空屋。」

「這裡，以前死過五個人吧……」連心文細細的嗓音落在走道上，彷彿盪起令人不安的漣漪。

李銘成心臟一縮，這才憶起這間竹林廢屋曾死了一家五口。他握著手機的手指微顫，指尖更是泛起涼意。

「那、那又怎樣？都多久以前的事了？」李銘成嘴上不肯服輸，可踩在樓梯第一階的腳無論如何就是邁不出去，連室內本就陰涼的溫度也讓他無法抑制地打起冷顫。

爲了不洩露自己心生懼意的事實，李銘成擺出不以爲然的神情，「算了，知道你們可能會怕，大不了我殿後總行了吧。」

「我當然是跟寶貝一起。」羅依麗馬上牽起李銘成的手，手指還親密交扣。

「那胡紹安你們先走吧。」張思嵐看起來也有點怕，「我跟心文走你們後面。」

胡紹安和高天翔倒是無所謂，兩人負責打前鋒。連心文跟張思嵐跟在後面，再來是周偉毅，最後是李銘成跟羅依麗。

幾人走在樓梯間，鞋子和磨石子材質的梯面發出啪噠啪噠的音響。

也許是屋內太靜了，使得腳步聲被放大得格外清楚，每一下都清晰地進入眾人的耳內。

比起一樓，二樓稍微乾淨一點。格局是三房一衛，其中浴室還有一個大小可供成年人泡澡的塑膠浴缸。

藍色的塑膠給人廉價的印象，邊緣破損一大塊，露出黑漆漆的內裡。浴缸裡還莫名其妙擱著一個破了洞，棉花從裡面跑出來的枕頭。

排水孔被泥沙和看不出具體是什麼的東西堵住，遠看只覺得烏漆墨黑的。

鏡子上布滿水垢，鏡面映出胡紹安等人模糊的身影。

浴缸旁邊還有一個坐式馬桶，裡面塞滿枯葉枯枝。

胡紹安隨意掃了一眼就想離開，可隨即停住腳步不動。

他好像看到馬桶裡有東西……在動。

「怎麼了嗎？」連心文看到他忽然停下，關心地問道。

「嗯……」胡紹安撓撓頭髮，「我剛好像看到馬桶裡有什麼在動。」

「真的嗎？」連心文迅速被勾起好奇心，一個箭步靠過頭，「在哪裡？真的有東西嗎？」

「也可能是我眼花……」

「我們一起確認不就知道了？」

比起馬桶裡到底藏有什麼，胡紹安現在的注意力都放在連心文身上。她離自己好近，她的頭髮聞起來還香香的。

正當胡紹安心蕩神馳之際，連心文倏地低呼一聲。

「動了！」

胡紹安趕忙回過神，望向馬桶，還眞的看見幾片枯葉驀然一陣抖動，好似有什麼要從底下鑽出。

下一秒，一隻癩蛤蟆從葉片下跳出，穩穩地踩在樹枝上面。

胡紹安和連心文對望一眼，沉默數秒，接著忍俊不禁地一起哈哈大笑。

「你們在笑什麼？是發現什麼好笑的嗎？」高天翔被笑聲吸引，探頭過來詢問。

「沒啦，就是看到一隻癩蛤蟆。」胡紹安指給高天翔看。

「喔……」高天翔望了一眼馬上失去興致。

幸好除了發現癩蛤蟆，二樓就再也沒看到任何生物。

李銘成懸在半空中的一顆心逐漸放下，開始有欣賞廢墟的閒情逸致。扣除他怕鬼這點外，他是眞的喜歡廢墟的頹廢之美。

一群人又移動到浴室旁邊的房間。

花色髒污的床墊擺在地上，兩張藤椅靠在牆邊，椅子下凌亂地倒著幾個空寶特瓶，很可能是之前有人來這探險留下的垃圾。

當他們走到隔壁房，看到牆壁被人噴漆塗鴉，寫著大大的「到此一遊」。看到牆上那幾個字，胡紹安等人忍不住大皺眉頭。

他們喜歡廢墟，但可從來不做破壞環境的事。

「也不知道是誰……太沒品了吧。」張思嵐咂著舌，不開心地說道。

「詛咒他們，上廁所都沒衛生紙。」周偉毅瞪著那面遭到破壞的牆，語氣裡是濃濃的怨念。

「這詛咒也太小家子氣了。」李銘成不屑地說，「當然是詛咒他們早死早超生。嘖，這種沒品的傢伙就只是一群猴子。」

「說到詛咒……」高天翔突地放低聲音，「我之前聽朋友的朋友說，他也是喜歡跑廢墟的人。有一次他跟人一起去一棟廢棄醫院，結果在那邊看到奇怪的影子。就像我們剛剛看到的那隻貓一樣，那道影子蹲在樓梯間發出貓叫聲。他們原本以爲是野貓跑進來，結果靠近一看，那隻貓忽然站起，原來是一個黑漆漆的人。」

「然、然後呢？」張思嵐呑呑口水。

「然後那個黑色的人就朝他們撲過來，他們嚇得往外逃。」高天翔還是刻意把聲音壓得低低，「結果回去後，他們一群人全大病一場，看了醫生都沒好。後來沒辦法，跑去收驚，收驚的師父說，他們是被黑色的人給詛咒了。那個黑色的人是在醫院病死的，會詛咒打擾祂們的人生病。」

「噫！別說了，聽起來有點嚇人……」羅依麗抱著肩膀，臉上浮現一絲害怕。

「其實我是在想……」高天翔幽幽地說，「我們剛看見的眞的是貓嗎？還是……」

「幹！別在那邊五四三了！」李銘成強硬打斷，「你是當大家都眼瞎喔，連貓都看不出來？沒事說什麼無聊的鬼故事！」

「不是鬼故事，這是撞鬼體驗啊。」高天翔無辜地辯解，「是我從朋友的朋友那邊聽來的。」

「撞鬼體驗，我也知道很多個。」周偉毅一邊拍著房間照片，一邊慢呑呑地說，「如果你們想知道的話……」

「誰會想知道那種事情！你們很無聊耶！害我沒心情看廢墟了啦！」李銘成心裡發毛，面色微微發白，壓根不想繼續留在這個曾死過人的地方聽人說鬼故事。

他沉下臉，惡狠狠地瞪視了周偉毅和高天翔一眼，隨後一把扯過羅依麗，「走了啦！不爽看了啦！你們要是不走，我就把竹子上的那些繩子拆掉，讓你們留在這說故事說到爽！」

「只是開個玩笑啊，沒必要這麼認眞吧……欸，李銘成！李銘成！」見李銘成被氣走，高天翔朝胡紹安使了個眼色，自己率先追上去。

還待在房裡的幾人都能聽到樓梯被李銘成刻意踩得砰砰作響的聲音。

「不是吧，這樣就生氣了喔？」張思嵐沒料到李銘成會爲這點小事爆炸，她瞥向胡紹安，「你們同學的脾氣眞大耶。」

「哈哈哈……」胡紹安乾笑一陣，努力安撫其他人，「他這個人就是這樣，氣來得快，其實消得也快啦……平時人還是挺ＯＫ的。」

「最好是。」張思嵐撇撇嘴，沒聽信胡紹安的解釋，不過她也不打算眞的去跟一個大學生計較。

一夥人陸續下樓，李銘成、高天翔和羅依麗就等在屋外。

李銘成臭著一張臉，但總算沒先跑掉，只是看到最後從屋內走出來的胡紹安時，還是故意冷哼了一聲。

胡紹安忍下翻白眼的衝動。又不是他說起撞鬼體驗的，李銘成幹嘛不去對周偉毅哼？分明就是看他是同學好欺負嘛。

一夥人開開心心地來，回去的時候卻是氣氛僵冷，還是直到看見民宿外的空地架起了烤肉爐，大家的興致才又重新被提起。

第四章

山上的天總暗得特別早，即使現在是夏季時分。五點多的天空已被染深大半，夕陽早早隱沒在山峰之後，黛黑的色彩如柔軟的布料鋪展開來。

民宿內燈光大亮，照亮了放置著烤肉爐的空地。烤肉架旁邊架起一張圓桌，七張椅子圍著桌子擺放一圈，桌上有免洗的碗筷和杯子、幾瓶寶特瓶裝的飲料，連啤酒都有。

民宿本來上鎖的大門如今正敞開著，無一不是說明著民宿老闆和老闆娘已經過來幫忙準備食材。

「喔喔喔！老闆他們準備得眞齊全，拜託他們弄眞是對了！生火就我來吧！」高天翔拿起擺在一邊的木炭，倒入還沒鋪上烤網的烤肉爐內，「喂，李銘成你也來幫忙。」

「啥？關我，算了……」李銘成似乎意會到自己先前把氣氛搞得太僵，但要他主動道歉是不可能的，所以選擇順著高天翔給的台階而下，一起加入生火行列。

周偉毅拿出他的相機，看起今天拍攝的照片。

羅依麗的屁股一黏在椅子上就不想再站起來，但也想在李銘成面前做點賢慧的樣子，於是她扭開瓶蓋，替大家都倒了一杯汽水。

「寶貝，我幫你倒好汽水了，你要不要先喝一下？」

「妳是沒看到我現在在忙嗎？」

「那要不要我餵你？」

「嘖，妳也太黏人了，妳就好好坐著吧。」

「哈哈，李銘成不想被餵的話，可以來餵我喔。」

「媽的，我看你是欠打吧！」李銘成作勢拿木炭砸人。

高天翔連忙搞笑求饒，鬧了一陣，兩人又埋頭在他們的生火大業中。

「我們要不要去裡面幫老闆他們……」連心文坐不住，望了民宿內好幾眼。

「我來吧，妳們女生坐在這邊等吃就行了。」胡紹安攔下連心文和張思嵐，自己跑進民宿裡。

循聲來到廚房，果然看見老闆和老闆娘忙碌的身影。

他倆站在流理台前，一個將蔬菜切塊或切片，一個用竹籤將它們一個個串起。

桌上放著兩大盤肉片、海鮮，還有一條一看就是肥滋滋的帶皮山豬肉。旁邊的鍋子裡則是擺滿雞翅、棒棒腿等帶骨肉類，就連搭配肉片必備的吐司也沒有忘記。

「咦？肉片沒醃嗎？」胡紹安的目光停佇在未經處理的肉上，納悶問道。

老闆娘將弄好的一些蔬菜串放到托盤上，「小嵐她對蒜過敏，醃肉的醬通常會加蒜，所以就沒醃了。」

「原來是這樣。」胡紹安見老闆娘他們手邊還有一袋蔬菜沒處理完，趕緊加入幫忙的行列。

更多的蔬菜串在托盤內堆起一座小山。

「對了，老闆，弄完後你們也來跟我們一起烤肉吧。」胡紹安串好香菇，又伸手探向剩下的洋蔥，「東西那麼多，肯定夠吃的，就一起來嘛。」

「謝謝啊，不過沒關係。」老闆笑著婉拒，「晚點我們女婿會過來，說好要一起吃飯的。」

既然對方有安排了，胡紹安也不勉強，洗完手，搶在老闆他們之前，把看上去分量最重的鍋子和托盤各用一隻手拿起。

胡紹安走出民宿就受到眾人熱烈的歡迎。

烤肉爐裡的火已成功生起，木炭被燒得泛紅，什麼都具備了，就只差把食物放上烤網。

老闆和老闆娘把其餘食材都拿出來，拒絕了其他人的再三邀請，讓這群年輕人能夠好好享受這段屬於他們的晚餐時光。

李銘成看著擺到桌上的食物，眉毛一下皺得緊緊，「欸，怎麼肉片沒醃啊？這樣不就不好吃了。」

「因爲張思嵐對那個醬過敏，所以就沒醃了。」胡紹安出聲解釋，「吃沒醃的也沒差吧。」

「不好意思啊……」張思嵐歉疚地道歉。

「過敏又不是妳願意的。」高天翔安慰道：「要是吃出問題就不得了了，還好老闆他們細心準備。」

李銘成雖頗有微詞，但張思嵐會過敏的確也是沒辦法的事。他嘟囔幾句，算是把這事揭了過去。

連心文和張思嵐自認方才沒幫上忙，因此自告奮勇接下了烤肉的工作。

只是讓人沒想到的是，她們給人都是擅長廚藝的感覺，烤起肉來卻是狀況連連，不是太生就是太焦。

這下沒人敢讓她們兩人繼續嘗試，最後周偉毅默默站到烤肉爐前負責烤肉。

不得不說，周偉毅烤肉技巧相當不錯，放上盤子裡的肉片、海鮮，或是蔬菜，都是最適合的熟度。

就連一開始嫌棄沒醃製的肉片不好吃的李銘成，吃過周偉毅烤好的肉後，也閉嘴不再抱怨。

一群人吃吃喝喝，不久前在竹林廢屋發生的不愉快也被他們拋到腦後。

吃飽喝足，烤肉爐的炭火卻也沒熄，就這麼放著讓它靜靜地燃燒。

白煙裊裊，爲寧和的湖畔增添幾分悠閒氛圍。

「啪」的一聲，高天翔又打開一瓶啤酒，冰涼的液體滑進喉嚨，讓他滿足地喟嘆一聲。

「也給我一瓶。」胡紹安推推高天翔。

「順便也給我。」李銘成伸長手。

張思嵐自己也再拿了一瓶。她是女生中喝最多的，但雙頰完全不見泛紅，眼神依舊清明得很，足以看出她酒量不錯。

連心文不喝酒，專心地喝著她的汽水。

羅依麗則是喝得很慢，至今還是第一瓶酒。她喝了一小口，打了個酒嗝，向大家提議要不要玩個遊戲。

「就真心話大冒險，你們覺得怎樣？」羅依麗的眼神被酒意染上一層迷濛，光線映照下格外嫵媚。

胡紹安注意到高天翔瞄了羅依麗好幾眼。

羅依麗的提議很快被大家接受，主要是坐著不動也有點無聊了。

「民宿客廳好像有撲克牌，我去拿！」胡紹安快步跑進民宿，四下搜尋，在放地圖的矮櫃上找到了他想要的東西。

有了撲克牌，大夥決定用比大小來決定贏家。

抽中數字最大的那個人，就能指定誰來進行真心話或是大冒險。

眾人莫不摩拳擦掌，巴不得自己能成為指定人選的那一個。

第一輪贏的是周偉毅，他拿著黑桃K的牌，視線瞥向左邊，又瞥向右邊，來回幾次，似乎就是做不了決定。

坐在他旁邊的張思嵐看不下去，「你就隨便指一個，這種事情還要糾結嗎？」

「那就……」周偉毅眼神不再四處遊移，最末停在其中一人身上，「胡紹安，真心話還是大冒險？」

「我喔？」胡紹安沒料到自己成為第一個，沒多加猶豫，直接扔出選擇，「我選眞心話。」

「太無聊了吧！」李銘成給出噓聲，「是男人不就要大冒險！」

「你自己說的，待會要是我贏，你就給我選大冒險！」胡紹安撂下話。

「怕你不成！」李銘成挺起胸膛，接受他的挑戰，「只要你贏，我就大冒險給你看！」

「好啦好啦。」高天翔哭笑不得，「現在重點不是李銘成要大冒險，我還在等胡紹安說眞心話耶。」

女生們連聲附和，她們都很好奇周偉毅會問胡紹安什麼問題。

周偉毅思索一會，慢吞吞地開口，「你做過最離譜的事是什麼？」

胡紹安鬆了一口氣，他本來還擔心周偉毅會不會問「是不是處男」或是「第一次上床是跟誰」之類的。

這不管怎麼回答，都可能讓連心文對他留下不好的印象。

「最離譜喔……成爲大學生後做過的瘋狂事還眞不少。」胡紹安回想一番，選出一個至今印象深刻的經驗，「應該是我們大一，那時候不是有個行人條款剛出來？就是車子在路口要禮讓行人，不然會被罰款那個。」

「我知道！那個是不是又被叫行人帝王條款？路人如果停在斑馬線上不動，就算是綠燈，車子也不能怎樣，只能乖乖停下。」羅依麗似乎想到什麼，不禁咯咯笑起，「我有個朋友，她是一個小網紅啦，就把斑馬線當伸展台走秀，那支影片還破萬讚耶。」

「走秀算什麼？」李銘成不以爲然地說，「我們可是跳舞！」

「跳舞？」連心文驚訝地睜大眼，來回看著李銘成和胡紹安，「難道說胡紹安跟你……」

「哈哈，還有我喔！」高天翔笑著主動招認，「我們有把影片放上網，點閱率也很高，不過後來撤下了。我是負責拍的那個，跳舞的是胡紹安跟李銘成，這主意還是胡紹安提出來的。」

「什麼？」張思嵐像是難以置信地拔高嗓音，手指著胡紹安，「你提出的？你看起來明明就乖乖的。」

「哎唷，我們胡紹安只是看著乖，鬼主意其實可多的！」高天翔大力拍拍胡紹安的後背。

「小力一點，要被你拍死了……」胡紹安揮開高天翔的手，發覺自己被多雙眼睛注視，他輕咳一聲，「那時候流行霸佔馬路嘛，有人會站著不動，有人會在斑馬線上吃早餐……所以我們也就，跟了一下流行，乾脆在斑馬線上跳個舞。哎，都是當年年少輕狂做的事。」

「講得好像我們現在多老一樣。」高天翔笑罵一句，拿起手機點按幾下，朝眾人露出一抹神祕的微笑，「你們想不想看胡紹安和李銘成當年的英勇？」

「要看要看，我要看寶貝跳舞！」羅依麗相當捧場，馬上給出熱情的歡呼。

「靠，那影片你還留著喔？別看啦，跳得有點蠢。」胡紹安推拒幾句，實則暗中覷向連心文，希望能見到她對自己舞姿感興趣的模樣。

可惜連心文正好捧起杯子喝飲料，雙眼垂下，看不清她此刻表情。

高天翔把手機放桌上，招呼大夥過來看影片。

影片一開始的畫面是高天翔的臉，接著轉向一條車流量大的馬路路口，車子來來往往呼嘯而過，有如不停歇的浪潮。

高天翔的聲音傳出，「你們兩個準備好了沒？別上場就腿軟嘿。」

「拜託，你以為我是誰？」這道聲音是胡紹安。

張思嵐幾人忍不住朝他看去，像是難以想像外貌給人乖學生印象的胡紹安會這麼挑釁地說話。

「都說是年少輕狂嘛……」胡紹安被看得有些不好意思。

幸好影片很快拉回眾人的注意力。

隨著音樂聲響起，羅依麗興奮地指著手機，「啊，我看到了！是寶貝，寶貝出現了！」

畫面裡不單出現李銘成，還有胡紹安。

他們倆站在人行道上，對著鏡頭比著各種怪手勢，接著鏡頭又帶到對面的行人號誌上。

小紅人的秒數倒數中。

3、2、1，切換成走動中的小綠人。

胡紹安和李銘成也在這時候走上斑馬線，在一眾停下的車輛前開始跳起舞。

「哇，寶貝跳得好棒！太厲害了吧，還有地板動作！」羅依麗的嘴裡拋出大把大把的讚美，「我都不知道你那麼會跳！」

「還好吧，又不是多難的事。」李銘成表面雲淡風輕，翹起的嘴角卻難掩得意。

影片裡的胡紹安和李銘成一邊跳舞，一邊移動到對向車道的斑馬線上，使得從另一側轉彎過來的車子只能被迫停下。

駕駛見兩人刻意停留，按了喇叭，想要催促斑馬線上的兩人快點前進。

胡紹安和李銘成充耳不聞，依舊在路口處大秀舞技。

更多車輛被迫回堵，喇叭聲接二連三響起。

高天翔在鏡頭外誇張地嚷了一聲，「哇！看樣子很多人連禮讓行人都不肯！」

「那就只好讓他們學一下囉。」胡紹安話聲剛落，立時來一個帥氣的空翻動作，看得在人行道上圍觀的民眾一陣鼓掌歡呼。

鏡頭又一次調整角度，將跳舞的兩人和被迫停下的車龍拍攝進去。

被堵在斑馬線前第一輛車的駕駛似乎放棄了，透過擋風玻璃，可以看見他雙手抓著方向盤，一臉無奈又鬱悶的表情。

但喇叭聲仍是此起彼落。

排在第二位的紅色小轎車駕駛正氣急敗壞地猛按喇叭，激烈拍打的動作彷彿是將喇叭當鼓敲擊。

駕駛降下車窗，探頭對著他們破口大罵，怒吼卻被音樂聲和喇叭聲掩蓋過去，成爲破碎的音節。

行走中的小綠人再次變成靜止不動的小紅人。

接著縱向車陣開始移動，但路口被先前待轉彎的一排車子堵住，交通瞬間大打結。

高天翔好整以暇地運轉著鏡頭，把周圍的人車都拍進畫面裡，有的行人爲他們叫好，有的大皺其眉，對他們指指點點。

下一瞬，鏡頭帶到高天翔的正面，他興高采烈地比出ＹＡ的手勢，接著畫面一黑，影片播放結束。

「哇喔！寶貝你們眞的太敢了，比我那個網紅朋友還強耶！」羅依麗興奮地大力稱讚。

「現在想想我也覺得我們大一的時候眞敢。」高天翔收回手機，咧嘴一笑，「怎樣，我們胡紹安跳舞很厲害吧？」

「明明是我家寶貝更厲害！」羅依麗舉著啤酒罐強力反駁。

「要是換我上去，說不定比妳家寶貝更厲害呀。」高天翔壓低嗓音，故意逗弄。

羅依麗笑得花枝亂顫，「哪邊厲害？」

「有機會換成我不就知道了？晚點要不要跟我去別的地方，我表現給妳看。」

「會不會有危險呀？我要不要帶上我的電擊棒保護自己？」

李銘成見兩人湊得極近，又低聲說著悄悄話，不爽頓如泡泡冒出。

「你們兩個是幹嘛？說話有必要靠那麼近嗎？」

「哈哈，我們在討論電擊棒，你女朋友還會帶電擊棒防身耶。」

「哎唷，女孩子要懂得保護自己嘛。」

這時候一道低沉的聲音傳來。

「……你們這樣做，好爛。」

羅依麗和高天翔的嬉鬧戛然而止，不約而同地愕然看向出聲的周偉毅。

「你們這樣做眞的很爛。」周偉毅的臉孔被酒精醺紅，他將手中的啤酒罐用力地砸在桌面上。

「欸，也不用那麼認眞吧……」高天翔像被周偉毅嚇到，乾巴巴地擠出回應。

張思嵐和連心文雖說沒像周偉毅那麼激動，可兩人的表情都不太好看，擺明也不認同胡紹安他們當年霸佔馬路的行爲。

李銘成正不爽地看著高天翔對自己女友說些挑逗的話，聽見周偉毅指責他們，堆積的火氣轉眼壯大。

「你剛說什麼？再給我說一次！」他一拍桌子站起，橫眉豎眼地瞪向周偉毅。

氣氛剎那間整個冷下。

胡紹安暗叫不好，再放任下去，場面會變得一發不可收拾，最重要的是他在連心文的心裡鐵定會變成負分。

他忙不迭想轉開大家的注意力，試圖讓眾人別再圍繞當年的事情上。

「啊，都說是年輕不懂事才做的了，大家就原諒我們嘛。我們現在絕不會再幹這種事，當初放上去的影片也撤下了……遊戲才剛開始，不要就這樣停下。我的眞心話說完了，再來比大小一次吧，看下一個輪到誰！」

在胡紹安的努力下，凝滯的氣氛才又開始流動，只是連心文、張思嵐和周偉毅的興致已不若先前的高。

胡紹安忍不住在心裡暗罵高天翔的多此一舉，要不是他播放影片，自己說眞心話的環節很快就能被帶過，也不會衍生出這些風波。

現在好了，連心文看起來道德感頗高，原先對他的好感很可能要降低了。

高天翔似乎也意識到自己弄僵了氣氛，像是作爲彌補，趕緊說了好幾個笑話和糗事來逗大家開心。

遊戲重新進行，經過一輪抽牌，第二回的贏家出爐，赫然是胡紹安。

「我贏了！天啊，居然是我贏！」胡紹安刻意誇張地指指自己，接著朝李銘成露出不懷好意的微笑，「李銘成，你還記得你剛剛說了什麼吧？那就直接指定你啦。」

「媽的！」李銘成惱火地扔下自己的牌，「那我要選眞心話！」

「不行、不行。」胡紹安搖搖食指，提醒李銘成不要違背諾言，「你自己可是說了，不玩大冒險就不是男人。」

李銘成一時語塞，臉色青白交錯。他想要假裝自己剛才什麼也沒說過，偏偏面子上又過不去。

「寶貝，快給他們好看！你才不怕大冒險呢！」羅依麗爲李銘成加油打氣。

李銘成心中天人交戰，嘴唇像被膠水緊黏，就是說不出他要選大冒險這幾個字。

「算了，就知道你不行。」周偉毅嘀咕地說。

「誰說我不行，老子比你們誰都行！」李銘成當下腦子一熱，反應過來之前話已先脫口而出，「大冒險就大冒險，誰怕誰！」

「不錯喔，有氣魄！」張思嵐拍起手。

掌聲一響，李銘成想把話吞回去更難了。他恨不得時間能倒流，尤其在聽見胡紹安高聲道出他要挑戰的大冒險之後。

「就請李銘成到竹林廢屋的二樓浴室，把浴缸裡的那個枕頭拿回來吧！」

一說完，眾人霍然一陣靜默，隨即爆發更大的起鬨聲。

「哇，我現在相信胡紹安只是看起來乖了，這個大冒險眞狠！」張思嵐對著胡紹安比出大拇指。

「哪裡哪裡。」胡紹安謙虛地笑著，「我平時還是很乖的，教授跟學長姊都常誇我呢。」

「寶貝我相信你一定可以的！」羅依麗握住拳頭，擺出打氣的姿勢。

在這個時間點去竹林廢屋……去竹林廢屋……

李銘成耳邊彷彿嗡嗡作響，好一會才完全領悟胡紹安的任務要求，他一個激靈。

被酒意佔據大半的大腦這瞬間徹底清醒。

李銘成扭頭看向右側的竹林，盤據在竹林內的黑暗如同湧動的洪水，隨時會把人捲入其中，使之窒息。

李銘成的寒毛不受控地豎起，可要他在眾人面前認輸，就是撕了他的嘴也做不到。

自尊心強撐著他開口，「去……去就去！不過就是拿個枕頭！」

大不了他走到一半就折回來，然後說那個狗屁枕頭不見了，就是找不到，他們也拿他沒辦法。

就在這時，一隻手拍上李銘成的肩膀，讓他猛地一震。

「等一下，我覺得保險起見……」高天翔按著李銘成的肩，笑咪咪地說，「我陪他一塊去吧。」

「啥？」李銘成大吃一驚，以爲高天翔要來監視自己，那他還怎麼半途落跑。

「不用太感動，這都是好同學該做的。」高天翔拍拍自己的胸膛，「你看嘛，現在都晚上了，竹林裡烏漆墨黑，雖然之前綁的塑膠繩還沒拆掉……」

「那可是要感謝我。」張思嵐插嘴說道，「我是想說大家明天可能還會想再去。」畢竟下午的那次探險不算完整，沒能好好欣賞整個廢墟。

「總之，爲了保障你的人身安全，我就捨命陪同學啦。」高天翔豪爽做出保證。

李銘成這才知道自己想岔了。要說不感動是假的，對於高天翔多次藉故和羅依麗言語曖昧的不滿也暫時消散大半。

於是在其餘人的目送下，李銘成和高天翔走入了右側幽暗的竹林裡。

時間是晚上快九點，若在城市，還是正熱鬧的時候，路燈明亮，霓虹招牌閃爍不停，隨處都能聽見車聲和人聲。

但青竹湖這邊就是截然不同的氣氛了。

青竹湖畔的竹林裡沒有燈火，幽闃的黑夜如潮水覆蓋四面八方，無論從哪個方向看，幾乎伸手不見五指。

白日青碧的竹子在夜間看來宛如化成某種奇異生物，它們筆直地站著不語，低頭俯視著從它們腳邊穿梭而過的人影。

李銘成和高天翔拿著手機照路，刺眼的光線劈開了他們前方濃稠的幽黑，照亮部分環境。

一開始他們走在步道上，等到進入綁上紅色塑膠繩的位置，才會轉向繞進竹林。

李銘成速度很快，簡直是連走帶跑地前進，一心只想快一點抵達竹林廢屋，趕緊完成這個該死的大冒險。

「你慢一點，不用那麼急吧。」高天翔見狀只好邁大步伐，「屋裡的東西又不會跑掉。」

李銘成才不想說自己就是很急，急著想拿到那顆枕頭然後回民宿，這樣就可以趾高氣揚地向眾人展示自己根本沒被夜遊嚇到。

急行之下，他們很快到了綁上第一條紅色塑膠繩之處，脫離原先的步道。

黑夜的竹林格外寂靜，除了兩人踩踏在泥土地上發出的沉悶腳步聲外，偶爾才有風吹拂竹葉帶動的沙沙聲，或是冷不防尖銳響起的鳥類啼叫。

李銘成每一聽見意外聲響，心臟都忍不住猛力撞擊胸口，下意識繃緊後背，好在走在旁邊的高天翔視線是看向手電筒照亮的位置，沒發覺他的害怕。

李銘成暗暗吐出一口氣，隨即又再次繃緊神經。

他就像是一隻心慌意亂的驚弓之鳥，隨時都處於飽受驚嚇的狀態，連手機都盡量只照向固定方位，而不是像高天翔般，四處探照。

要不是一開口很可能會洩露自己的顫音，李銘成很想嚴厲斥喝高天翔，要他別再亂照了，萬一照到奇怪的東西怎麼辦。

在濃得化不開的黑暗中，很可能就藏著飄渺的人影、垂落的黑髮，搭在竹桿上的蒼白手指……

李銘成試圖停下腦中想像，但越想阻止，思維就越加控制不住地發散，那些曾經看過的恐怖片場景爭先恐後地跳出來。

「咦？」猝不及防間，高天翔發出一聲飽含疑惑的疑問，連帶腳步一併停下。

「什……什麼？」李銘成被那聲「咦」驚得身子一震，費了一番力氣才沒伸手抓住高天翔的手臂。

「欸欸，你看這個。」高天翔讓手機光線直直落在他說的目標物上。

「看哪個啦！」李銘成迅速調整語氣，總算沒說得結結巴巴。他沿著手機光線一路望去，本來要滑出的催促倏地停在了嘴邊。

李銘成睜大眼，看見一根橫倒在地的竹子。

「我們之前來的時候應該沒有看到這個吧。」高天翔的手機清楚照出那根竹子。一蓬蓬竹葉傾散，宛若綠色的大掃帚，瘦長的竹桿斜貼在地，如同阻擋在李銘成他們面前的障礙物。

他們是白天進來竹林的，若有竹子倒在地上，肯定很容易發現。

「沒吧，那又怎樣？別管這根竹子了。」李銘成心急地想要離開，「竹子斷了倒下來又不是什麼怪事，你管它那麼多？」

「但是……」高天翔舔舔嘴唇，讓手機的光集中在某個區域，「它沒斷耶。」

李銘成一愣，目光跟著望過去，這才慢一拍地意會到竹子不是平直地貼靠著地面，在靠近根部處，與地面仍有著空隙。

簡直就像是竹子彎下了身子，半躺在地面上。

「我說，你不覺得這很像是……」高天翔低聲地說，「就民宿老闆他們今天說的那個……」

沒等高天翔說完，「竹篙鬼」三個字已自動躍入李銘成的腦海。以爲早就淡忘的記憶倏地如煙霧湧上，老闆娘的苦口婆心猶在耳畔。

「晚上要是看到有竹子倒在路上，記得千萬別跨過去，繞開它走過去就好。」

「那種竹子我們都叫它竹篙鬼啦，不是斷掉的竹子，是折下來倒在路上、但沒斷的那種竹子。竹子本來就比較招陰，以前的人都說那種忽然橫在路上卻沒斷掉的竹子，其實是鬼怪變成的……」

「要是有人跨過去，竹子就會忽然彈起來把人吊在空中，還有一種說法是跨過去的話，那個人不久後就會死掉。」

李銘成瞪著面前像是彎身貼地的竹子，頭皮發麻，臉色跟著轉白，偏偏又管不住自己逞強的嘴巴。

「什麼竹篙鬼？那種事你也相信喔？不過是剛好而已，走過去才不可能有事！」

「眞的假的？你那麼勇要走過去喔？你不怕喔？」

「這有什麼好怕的？我又不像你中看不中用，是個膽小鬼！」

話都說出去了，李銘成爲了不在高天翔面前漏氣，還是硬著頭皮走向那根竹子，再以比平時倉促的動作抬腳跨了過去。

竹子仍舊躺在原地。

什麼事都沒發生，一切安然無恙。

李銘成內心捏了一把冷汗，緊接著另一股得意洋洋的情緒浮上，讓他馬上回頭向高天翔炫耀自己的膽子。

「看吧，就說什麼事也……」李銘成的話還沒說完，前一秒仍靜靜趴伏在地的竹子猛然彈起，帶出尖銳的破空聲，乍聽之下像有誰在尖叫。

「哇！幹幹幹！」高天翔被這一幕驚得連退好幾大步。

李銘成沒有罵髒話也沒大叫，過猛的衝擊讓他一時失去說話能力。他傻傻站在原地，腦袋像被一團漿糊糊住，思緒完全停擺。

高天翔喊了他好幾聲，他都像沒聽見一樣。

「喂，李銘成！」遲遲沒等到好友的回應，高天翔疑惑上前，推了他一把。

高天翔沒多用力，然而李銘成卻如同遭巨力打中，身體劇烈彈動，兩條腿更是像被抽走骨頭，直直往下跪。

要不是高天翔及時把人拉住，李銘成險些跪倒在地。

「喂，沒事吧？你還好吧？」高天翔連忙關心地問，「怎麼忽然沒站穩？」

「沒事……我沒事……」李銘成嗓音沙啞，好比在沙漠中缺水的旅行者。他沒有推開高天翔的手，只死死盯著前方，不敢再抬頭看那根彈回去的竹子，「我們快點走吧！」

「真的沒事嗎？」高天翔打量李銘成的臉色，「你的臉有點白耶。」

「就說沒事了！」李銘成用怒氣掩蓋懼意，「走啦，不是要去那個廢屋！」

既然李銘成堅持自己沒事，高天翔也不再多問，兩人一塊繼續往竹林廢屋前進。

即使下午曾進過竹林，但白日和夜晚的景色差距太大，竹子又都大同小異，就算有塑膠繩可以幫忙指引，兩人依舊花了一些時間才抵達目的地。

如果說夜間的竹林已經夠嚇人，那麼座落於竹林深處的廢屋就更加令人感到毛骨悚然了。

手機手電筒的光線往屋子一照，缺少門板遮擋的門洞有若一張黑黝黝的嘴，等待獵物自投羅網。

那些破碎的玻璃窗戶後面黑壓壓一片，那片黑色之後又好似有什麼在蠢蠢欲動。

李銘成瞄過一眼便飛快收回視線，他怕盯得久了，窗戶後真的會出現一道人影居高臨下地與他對視。

「希望不要再有貓躲在裡面……」高天翔喃喃自語。

李銘成閉著嘴，不想說任何話，他怕自己一開口都可能變成一聲短促的驚叫。他推推高天翔，要對方趕快走，不要在原地廢話了。

兩人結伴一同踏入廢屋，觸目所及全是陰森，好似隨時會發生什麼恐怖的事。

李銘成打算一路直衝二樓浴室，拿到那個指定的枕頭後，就用最快速度離開。只是計畫往往趕不上變化。

李銘成手機光線往前一照，正好照在客廳裡的那張小圓桌附近，缺了腳的椅子依舊橫躺在底下。

可是本該只有灰塵覆蓋其上的桌面，赫然多出一張白紙與幾張千元鈔票。

「那什麼？錢……等等，怎麼會有錢？」高天翔也瞧見了，手機的光轉過來，同樣照射在桌面。

強光映照下，兩人都能看清白紙上還寫著字。

隨著距離拉近，白紙黑字更是清楚地映入了李銘成和高天翔眼裡。

紙上竟凌亂地寫著兩排字。

155號，遇綁控制中，孩子危急，請速報警，SOS。

155號，遭綁控制，危急，請快報警。

「危急……請快報警……」高天翔不自覺唸出紙上的字，臉上爬滿驚恐，「這什麼鬼？怎麼會有這個？」

「是不是你們搞的！」詭異的文字讓李銘成寒毛直豎，也讓他控制不了情緒，他猛然一把扯住高天翔的衣領，激動地大聲逼問，「我知道了，是你們搞出這些的！你們就是故意想嚇我對不對！」

「你冷靜一點……李銘成，你冷靜！」高天翔仗著自己力量大，強硬扯開李銘成的手，他的臉色也不太好看，「我們今天都一起行動，就連下午來這廢屋時，也聽你的沒分散。我們是要怎麼搞你？怎麼想都不可能好不好？」

被高天翔劈頭蓋臉這麼一吼，李銘成也稍微尋回一絲理智。

高天翔說的沒錯，他們都是一起行動的，就算在竹林裡胡紹安與連心文曾和他們分散一會兒，但那兩人比他們晚抵達廢屋，況且當時進屋後也沒看到字條和鈔票。

「說不定我們走後還有別批人進來……」高天翔提出一個合乎邏輯的猜測，「是那些人故意留下這張紙嚇人的。」

忽然間，李銘成塞在口袋內的手機驀地發出震動，驚得他差點控制不住地倒抽一口氣。

他拿出手機一看，是廢墟追逐團的群組裡有人發來訊息。

如何，進去廢屋裡了嗎？記得要去浴室拿那顆枕頭喔。

加油，相信選大冒險的你是一個正港男子漢！

這群混蛋！李銘成後悔自己當時幹嘛一時嘴快，眞心話不選，硬是挑了大冒險。

他小心翼翼地拿起桌上的鈔票檢查，發現是假鈔後，也認同了高天翔的說法。

「總之，別想那麼多。」高天翔像是安慰李銘成，也像在安慰自己，「不管是眞鈔假鈔，鬼不可能拿這些東西出來吧。」

「少說那些五四三的！」其實李銘成更想罵高天翔幹嘛要說那個「鬼」字。

萬一眞的招來不乾淨的東西怎麼辦？

認定桌上的假鈔和字條是別人的惡作劇後，李銘成心裡的恐慌被壓下不少，他故作鎮定地喊著高天翔，要對方快點和他一起上樓。

好在樓梯間沒再次竄出黑貓，直到走上二樓都沒有發生奇怪的事。

二樓荒涼死寂，能聽見的只有兩人的腳步聲。

啪噠啪噠，每一下都落在李銘成的心頭，令他情緒緊繃，他緊張地東張西望，記得浴室是在靠內的位置。

「沒事幹嘛非得選浴室……」想到胡紹安指定的任務，李銘成就想罵人。要是換成一樓的那張缺腳椅，他們早就可以返回民宿交差了事了。

高天翔沒回應。

「浴缸眞的有枕頭嗎？不會是耍人吧？」李銘成當時只匆匆瞥了浴室幾眼，沒仔細留意。

高天翔還是沒出聲。

李銘成覺得不對勁，正想回頭罵一句幹嘛裝啞巴，身後冷不防飄來幽幽的問話。

「你知道以前的那一家五口，是在哪裡發現屍體的嗎？」

那不是高天翔的聲音。

意識到這點，李銘成全身血液倒流，心跳彷彿漏跳一拍，手一抖，手機的光直直照進浴室，也映亮了那個破了大洞的藍色塑膠浴缸。

李銘成避無可避地看見浴缸裡的景象。

有人躺在裡面。

李銘成思考停滯，身體本能地僵直住，即便心裡有個聲音大叫快跑，可雙腿就像生了根，緊緊地紮在地板不動。

瞪大到要突出來的眼珠將浴室裡接下來發生的事鉅細靡遺地記錄了下來。

浴缸裡的人慢慢坐直。

它的頭上罩著一個漆黑的垃圾袋，鐵絲圈繞脖子的位置。

像個詭異又超現實的存在。

與此同時，先前出現過的幽幽嗓音再次冒出。

「我就是在這被爸爸跟媽媽殺的。」

李銘成不記得自己怎麼有力氣轉過頭的，當他意識過來時，已經看向浴室門口。

一道人影靜靜佇立在門外，運動毛巾一圈圈纏住了頭部，還有鐵絲纏繞其上。

燈光下，還能見到毛巾滲染著大片暗紅污漬。

李銘成再也負荷不住，理智線如同綳到極致，最終應聲斷裂。

他張大嘴，像是把這輩子的慘叫都壓縮在這一刻，歇斯底里的尖叫竄出喉嚨，響徹整間廢屋。

「啊啊啊啊啊啊——」

李銘成腦中一片空白，只知道自己必須逃離這個鬼地方。

他抓著手機，像是抓著唯一的救命稻草，連尋找高天翔也顧不得，發揮畢生最快速度衝向樓梯。

他深怕自己慢一步就會被那個恐怖的東西抓住，連滾帶爬地衝下樓，中間還差點因爲跑太急打滑摔倒。

像被遺棄在竹林的死寂廢屋內全是慌亂無章的奔跑聲，咚咚咚的噪音不停在屋裡炸裂。

手電筒的光束凌亂地上下映射，將黑影切割成無數塊。

李銘成覺得心臟快要爆炸了，不論是自己的呼吸聲還是奔跑聲，都有若雷鳴般在耳邊翻騰。

他大口大口地喘著氣，瘋狂地尋找出口。

就在前方，沒有門板的門洞外就是他的救贖！

只要跑出去，只要他逃離這間屋子，一切就會沒事的！

李銘成拚命這麼想來支撐自己，肺部火燒火燎，從額頭滑落的汗水滑過眉毛，落入眼睛裡，帶來一陣刺痛。

他沒時間去管那細針扎般的不適，三步併作兩步，全速衝出了屋子大門。

說時遲、那時快，屋外的竹林裡有三條影子朝李銘成靠了過來。

李銘成使勁眨著眼睛，驚恐地想要看清是不是有鬼來抓他了，一聲高分貝的大叫在他面前落下。

「Surprise——」

第五章

歡樂的喊聲進入李銘成耳內，熟悉的英文單詞讓他當場傻住，本就亂成漿糊的腦子裡冒出了疑問。

……鬼也會講英文的嗎？

正因爲這一瞬的遲疑，李銘成本來前衝的身體跟著煞停，反倒失去平衡。他手忙腳亂地想要穩住身體，卻讓自己踉蹌地往後一屁股跌下。

毫無防備地跌坐在硬實的泥土地，瞬間一股疼痛從尾椎竄上，直達腦門。

但李銘成似乎沒感覺到痛，他仰著頭，面容呆滯，瞠大的雙眼裡映出圍繞在自己身前的三道人影。

不是什麼嚇人的鬼。

是三張再熟悉不過的面孔。

「哎呀，驚不驚喜？」胡紹安笑容滿面，眼裡有難以掩飾的得意，「這次眞的嚇到你了吧？」

「他好像眞的嚇到了……」連心文遲疑地看著李銘成慘白的臉，不禁擔心起他的狀態。

「他嚇死了。」周偉毅平板地開口。

一聽到那個「死」字，胡紹安和連心文嚇了一大跳，急急再盯向李銘成，就怕眞的把人嚇到出事。

還好，李銘成雖然仍沒什麼反應，但起碼沒昏過去，也沒被嚇得停止呼吸心跳。

「喂，怎樣？這次成功嚇倒他了吧！」爽朗的問話從屋內傳出，隨後高天翔高大的身影出現。

高天翔手裡拿著運動毛巾和拆下的鐵絲，身後是跟著他走出來的張思嵐和羅依麗。羅依麗手中則是提著一個黑色垃圾袋。

「看起來是被嚇得夠嗆了……」張思嵐望見李銘成跌坐在地，得出了結論，語氣也流露一絲驕傲，「我的造型做得果然很不錯嘛。」

「你們……你們……」李銘成僵硬的大腦終於恢復運轉，看著高天翔和羅依麗手中的東西，他立即反應過來自己在浴室內外見到的鬼都是他們假扮的。

下一刹那，李銘成蒼白的臉又因急竄的怒氣整個漲紅，終於理解這是怎麼回事。

這群傢伙，聯手起來一起整他！

「你們這群王八蛋！」李銘成氣急敗壞地跳起，「你們居然故意嚇我！那些都是假的，都是你們搞出來的！」

「寶貝你別氣嘛。」羅依麗連忙上前扶起李銘成，但被他不爽地一把拍開，自己站了起來。

「幹！連妳都跟他們一伙！妳是我女朋友吧！」李銘成積壓在體內的恐懼在真相大白後一口氣消退，取而代之的是急遽膨脹的怒火。

高天翔與胡紹安和李銘成當了快三年的同學，一注意到他的表情，就知道他要爆發了。

高天翔連忙向胡紹安使了記眼色——這主意可是你提的，要滅火也是你負責。

胡紹安也怕事態一發不可收拾，立刻先聲奪人，「李銘成，你自己之前說的你都忘了嗎？」

「我說的……」李銘成果然一懵，連怒火都暫停下來，「我說了什麼？」

「不是吧，居然還真忘了！」胡紹安痛心疾首地說，「明明是你先提出來的！」

「幹喔，是有話不會快點講嗎！」李銘成被胡紹安吊胃口吊得惱火，但總算沒有要發飆的跡象。

胡紹安先長長嘆了口氣，「你自己說的，嚇到你，就要給我們十萬當獎勵啊。」

李銘成遲緩的思路慢慢轉動，他張著嘴，眼睛也瞪得大大的。

周偉毅在這時舉起手機，播放一段錄音。

李銘成狂妄自大的宣言從手機裡流洩出來。

「我告訴你們，我天不怕地不怕！要是你們這次活動能嚇到我，我就拿出十萬塊當獎勵！」

李銘成再怎樣也不可能認不出自己的聲音，況且他也沒忘記這件事，只是先前飽受驚嚇，才會反應慢了好幾拍，而且最重要的是……

李銘成好不容易才尋回自己的聲音，他不敢置信地尖聲大喊，「但你們不是說放棄了嗎？」

李銘成可還記得之前胡紹安幾人萬分遺憾地說來不及準備，加上下午逛廢墟時沒發生什麼意外，他才會放下警戒，最後掉以輕心地在竹林廢屋被嚇了個徹底。

高天翔嘿嘿一笑，「不先欺敵，要怎麼嚇到你呢？」

李銘成至此還有什麼不明白，從晚上的眞心話大冒險開始，自己就被這群混蛋設計了。

即便不是胡紹安，也一定會有其他人叫他到竹林廢屋去進行大冒險。

而高天翔也不是爲了兄弟義氣陪他一起到廢屋，這王八蛋就是爲了要嚇他！

李銘成也想通中途碰上的那根竹子，估計也是胡紹安這群人弄出來的，讓他在那邊耗了一些時間，他們就能趁機先到廢屋進行前置作業。

「鈔票跟字條都你們準備的？」李銘成磨著牙，瞪了高天翔一眼，「你們寫那莫名其妙的東西是要幹嘛！」

「那胡紹安寫的。」高天翔很沒同學愛地出賣胡紹安，「總之幕後主使是他。」

「喂喂，你們明明也都有份。」胡紹安才不想一人承擔李銘成的怨恨，立即點名，「大家都有參與啊，別想全丟給我。」

「你們到底都做了哪些好事，給我全說出來！」李銘成凌厲的目光馬上刺向都是共犯的眾人，「不然別想我給錢！」

就算這一晚被嚇得夠嗆，李銘成還算是言出必行，之前答應過的十萬元獎金還是有打算拿出來的，前提是大家必須先給他一個交代。

不然只有他一個人如墜五里霧，啥都想不透。

聽見十萬元有望，所有人莫不眼睛一亮，你一言、我一語地將整個計畫呈現在李銘成面前。

原來最初李銘成撂下話時，胡紹安就對這一大筆錢心動了，他相信大家肯定也會有些想法。

胡紹安瞞著李銘成，私下又拉了一個群，把其他人加進來，一起討論如何嚇李銘成，好從他手裡贏到十萬元。

經過一番討論，他們擬定好了計畫。

竹林廢屋這個景點是周偉毅找的，在廢墟愛好者中算冷門，有幾條評論說好像看到鬼影或聽到奇怪的聲音。

表面上大家是投票決定，但除了李銘成之外，其他人早就知道要投哪一個。

接著他們先讓李銘成放鬆戒備，假裝他們忘記要弄個試膽活動嚇他的事，再替竹林廢屋加點謠言，讓它更符合鬼屋的印象。

「等等，這什麼意思？」李銘成納悶地打岔，「網路上不就有人說在這看到鬼影或聽到哭聲了嗎？」

「但只是這樣的話，你會覺得它很可怕嗎？」胡紹安反問，「可能認爲這頂多是捕風捉影吧。」

李銘成張張嘴，但也沒反駁，因爲胡紹安還眞的說對了。

廢墟通常都會伴隨著一些不著邊際、沒有根據的鬼故事，他以爲竹林廢屋也是。

直到他聽民宿老闆說起竹林廢屋是眞的發生過一家五口自盡的悲劇，他開始下意識覺得那邊就算鬧鬼也不是不可能的。

李銘成的思緒倏地凝住，嘴巴再一次慢慢張大，眼裡透露出不敢置信。

更符合鬼屋的印象……在那間屋裡自殺的家庭……

「難道說、難道說……」李銘成驟然意會到一件事，他瞪大了眼，逐一看過面前眾人，「靠靠靠，不是吧！那個一家五口自殺的事……」

「噹噹，是假的喔！」張思嵐愉快地公布答案。

「啥？」李銘成喊出這一聲，接著又喊出更大一聲，「啥！」

「你們……」李銘成指著眾人，震驚到有些語無倫次了，「你們……老闆……你們……」

「要來點刺激的才能讓你印象深刻嘛。」胡紹安嘿嘿一笑，雙手在連心文身邊舞動，像是爲她撒花慶祝似地，「想出這個辦法的是連心文喔。」

「眞的假的……」李銘成今晚不知道震驚多少回了。

在他看來，連心文大多數時間都像個乖乖女，話也不算太多，著實很難想到她會幫忙出這個主意。

「連心文負責想，然後我們兩個再去說服老闆跟老闆娘。」張思嵐補充道：「花了不少工夫才說動他們一起幫忙騙人。」

「再來就是重頭戲。」胡紹安再把話接回來，「眞心話大冒險，激你選大冒險，再指定你去竹林廢屋，高天翔跟你一起……」

「他就能把我往別處引，替你們爭取時間……」李銘成喃喃地說，自己都能想到接下來的發展了。

那一點時間就夠胡紹安他們先一步抵達竹林廢屋。

胡紹安把寫好的怪異字條和假鈔放在桌面，和連心文、周偉毅躲在外頭。張思嵐則替羅依麗做個簡單、但晚上看足夠嚇人的造型，讓羅依麗躺進浴缸裡，而她自己也藏身在二樓，等著他跟高天翔到來。

待他們上來二樓，高天翔就趁隙找上張思嵐，讓她在最短時間內幫忙弄出個詭異的造型，再來就是站在他身後，等著他轉頭。

「我在二樓聽見的說話聲音，是張思嵐吧。」李銘成不至於認不出那是男聲還女聲，只是經過刻意掐細，才會一時聽不出是認識的人的聲音。

「對，是我。」張思嵐比出俏皮的手勢。

「如何，讓你得到一個夠刺激的體驗了吧？我們可是實現你的要求了。」胡紹安還惦記著最重要的事，他朝李銘成伸出手，「說好的十萬元，記得轉過來啊。」

「等一下！」羅依麗忽然發出質疑，「爲什麼是轉給你？那我們呢？」

「沒有不給啊，等收到錢之後我再均分轉給大家。」胡紹安倒沒想過要一人獨吞，大家都有出力，他要是敢這麼做，鐵定會引起眾怒。

「不對吧、不對吧。」羅依麗對這個決定很有意見，「實際嚇人的是我跟高天翔，怎麼算也是我跟他分最多，均分反而便宜到你們。」

「不，但大家都有一起參加……」胡紹安試圖說服羅依麗。

「我知道大家都有參加，可是出力最多的是我們兩個耶！」羅依麗不接受胡紹安的說法。

在她看來，出力最多的人拿到最多錢是理所當然的事。

「當時寶貝說的是只要能把他嚇到，他就給十萬元，重點是把他嚇到。他剛剛也是因爲看到我跟高天翔才嚇得尖叫逃跑，如果要認眞算，十萬元根本是只要給我們兩個人才對。寶貝你說我說的對不對，你被我們嚇得很慘吼？」

羅依麗靠著李銘成撒嬌，想尋求他的肯定，最好只把錢分給他們兩人。

然而聽在李銘成耳中只覺得自己女友不斷向其他人強調他被嚇得很慘，簡直是把他的面子往地面踩。

尤其羅依麗還再三提到高天翔，更讓他回想起這一天自己瞄見的那些小曖昧，本來壓下去的火氣瞬間又竄起來，還爆發成熊熊烈焰，將他的理智幾乎吞沒。

「對對對，是對三小啊！」李銘成火大地推開羅依麗，無視她錯愕的眼神，也不管旁邊還有那麼多人，飆漲的火氣讓他指著對方的鼻子破口大罵，「妳很行嘛，背著我跟他們搞這些有的沒的，讓我丟臉妳是很高興嗎？妳還記不記得妳是誰的女朋友？幹！我看妳見到高天翔就忘光了吧！是不是哪天我不在，妳就和他滾上床了！」

「李銘成，你在說什麼！」這直白的羞辱讓羅依麗不敢置信地漲紅臉，連寶貝也不喊了，直接連名帶姓地質問。

「喂，李銘成，你這樣說太超過了……」高天翔看不過去地站上前，擋在羅依麗面前。

只是這個舉動在李銘成看來也成了兩人有一腿的證據。

「我超過？你們是當我眼睛瞎還是聾了？當我沒發現你們那些小動作嗎？這種破地方我是一秒也不想待了！」李銘成猛力推了高天翔一把，也不管別人怎麼想，怒氣沖沖地掉頭就走。

「喂！李銘成、李銘成！」眼看李銘成真的獨自走進竹林，胡紹安一邊暗罵他發什麼瘋，非得把場面搞得那麼難看，一邊也怕對方一個人會出什麼事，再怎麼說都是同學。

胡紹安一個箭步想追在李銘成身後，卻被羅依麗喊住。

「胡紹安你別追！現在誰過去都會被他遷怒，讓他自己一個人啦！」羅依麗微紅著眼眶，旁邊是連心文和張思嵐在安慰她。

「但是他一個人……」胡紹安不放心地回頭看，黑漆漆的竹林轉眼吞沒李銘成的身影。

「竹子上有綁塑膠繩，他哪可能會迷路！」羅依麗恨恨地說，「別管他，反正你要是追上去，只會自己找罵！」

胡紹安也知道羅依麗說的沒錯。

以李銘成那種死要面子的個性，有人過去安慰他，只會讓他感到更丟臉，脾氣估計會更差，倒不如讓他先獨自冷靜。

晚上的竹林暗歸暗，但李銘成又不是沒帶手機……竹子上也有綁塑膠繩，應該不用擔心找不到回民宿的路。

想到這裡，胡紹安邁出去的腳步最終還是收了回來，但他下一刻就一把勾住高天翔的脖子，強行把人拉到一邊去。

「你是搞啥啦！」胡紹安用不會被其他人聽見的音量惡狠狠說，「你想跟羅依麗搞曖昧也注意點，你看現在把李銘成氣成什麼樣了？」

「我又不是故意要氣他的，我那些都只是正常和女生來往吧。」高天翔爲自己的行爲開脫，「是他自己想太多。」

「屁，最好是！反正我不想管你們的感情問題，但這兩天別再做些會惹到李銘成的事了。」胡紹安威脅著。

「知道、知道，我會記得別再惹到他的。」高天翔舉起雙手妥協，「你覺得他還會給我們十萬嗎？」

「他那麼愛面子，肯定不會自打臉的。」胡紹安對這還算有信心，他鬆開手，走回連心文他們身邊，「嗯……我們也回去吧，回到民宿後盡量別再提今晚試膽的事了。」

大家都理解胡紹安的意思，這是怕李銘成聽見又會惱羞成怒。

幾個人都是成年人了，就算對這突來的局面感到幾分尷尬，但也有志一同地保持沉默，不發表什麼意見。

想了想，胡紹安再補充，「錢的事我晚點再跟李銘成說。」

經歷方才的風波，羅依麗也熄了想跟高天翔獨佔獎金的念頭，她蔫蔫地點下頭，有氣無力地說，「先回去吧，我現在只想趕緊洗個澡。」

思及不久前自己躺在那麼髒的浴缸裡，也不曉得裡面曾經擺放過什麼，或是有什麼蟲蛇鼠類爬過，羅依麗不禁感到身體開始發癢，渾身不對勁。

她搓搓手臂，不知道是不是自己的心理作用，她眞的覺得皮膚爬起一陣癢意，好像有看不見的蟲蟻慢慢爬蠕。

在羅依麗的連聲催促下，眾人踏上回程。

或許是不久前才被迫目睹一場感情爭執，連心文幾人都沒什麼說話的興致。

見連心文沒怎麼想開口，胡紹安也不好意思在這時候硬找她聊天。

反而高天翔像轉眼忘了稍早的風波也跟他有關，情緒高昂地稱讚起大家在竹林廢屋內外做的一切準備。

「那個造型眞的很有意思，張思嵐妳也太厲害了，我都沒想到可以用這麼簡單的方式來嚇人！」

「也還好啦，就是充分利用一下現有工具。」說到自己的專業領域，張思嵐忍不住開口，「主要是時間短，只能隨機應變。把人的臉遮起來，反而容易讓被嚇的人自己胡思亂想，覺得袋子或毛巾後一定是可怕的模樣。」

「還有那張字條……」高天翔之前就想問了，他知道胡紹安會在廢屋一樓的桌子放些東西，但擺著一張不知所云的字條是他沒想到的，「那個有啥意義嗎？」

「那個喔，因爲連心文想了一個五人自殺的案件，我就上網孤狗一下，發現有類似的命案。」胡紹安解釋，「它那個是五個小孩都被發現陳屍家中，桌上就擺著類似這樣的字條，我乾脆照抄下來，只是把門牌號碼換一下。」

「原來那個數字是門牌號碼喔。」胡紹安不說，高天翔還眞不知道，「不過你幹嘛不放點更嚇人的東西？」

「那李銘成可能直接就撤了吧，放點奇怪又令人想不透的，才能製造氣氛。」胡紹安自有一套道理。

說到氣氛，高天翔被觸及記憶，忽然一把用力拍上胡紹安的背，「你們那個機關做得眞好，是找老闆他們幫忙弄的嗎？」

「你說什麼機關？」胡紹安被猛然一拍，差點踉蹌幾步，他怒視高天翔一眼，果斷與對方拉開距離，「還有什麼老闆？我們就只找老闆跟老闆娘說一下謊而已，你又不是不知道。」

「就竹林裡的那根竹子啊，所以那是你們自己用的喔？也太酷了吧！」高天翔佩服地吹聲口哨。

「等等，你到底在說什麼？」胡紹安聽得一頭霧水，不禁停下步伐，「什麼竹林裡的竹子？你們有用竹子嗎？」

胡紹安疑惑地望向其餘四人，和他對上視線的人皆是搖搖頭。

他們在李銘成和高天翔進去竹林後，也迅速地跟在後頭，中間完全沒有分開，怎麼可能有辦法去弄高天翔口中的竹子機關。

「你們就別謙虛了，就那個竹篙鬼啊。把竹子弄彎，讓它倒在地面，接著趁李銘成過去後又立刻……」見幾人臉上只有茫然和不解，高天翔的話聲漸漸低了下去。

他震愕地看著胡紹安幾人，從對方的神態意識到一個可怕的事實。

——那根倒下的竹子和胡紹安他們沒有丁點關係。

如果說它真的只是剛好倒在那，又是怎麼如此剛好地……在李銘成跨過去後瞬間彈起？

一夥人面面相覷，一時半會誰也沒再開口，或者說是不敢開口。

難以言喻的悚然如同無形絲線纏住眾人，一個不敢明說的猜想躍上他們心頭。

……難道，真的碰上竹篙鬼了嗎？

第六章

不管是不是碰上民宿老闆口中說的竹篙鬼，這點驚疑在回到燈光大亮的民宿後全被羅依麗拋到腦後。

碰到的人又不是她，跨過竹子的人也不是她，而且說不定只是高天翔隨口瞎掰，故意嚇他們這群人的。

烤肉爐的炭火差不多全熄了，灰白的木炭靜靜地躺在爐中，桌上一片未整理的杯盤狼藉，四周還殘留一絲烤肉的香氣。

民宿前停著兩台車，李銘成沒有眞的把車開走，把人丟在這裡不管。

但民宿大門是鎖起來的，大門鑰匙在胡紹安身上，民宿外也沒見到李銘成身影。

「李銘成還沒回來嗎？他明明比我們先走的……」胡紹安東張西望，語氣裡滲出一縷擔憂，「不會眞的半路迷路了吧。」

「也許是躲起來，就等著我們回來開門。」高天翔依李銘成的個性提出更可能的假設。

「先開門吧，我想趕快去洗澡！」羅依麗現在才沒多餘心思管李銘成回來了沒，一切都比不上把自己弄乾淨重要。

胡紹安認爲高天翔講的不無道理，他打開民宿大門，與其他人分配烤肉善後清潔的事，同時留意李銘成到底有沒有回來。

羅依麗沒興趣管那些，一個箭步就跑進民宿裡，自顧自地上樓，把樓梯踩得咚咚作響。

回到和李銘成一起住的房間，不出意外，裡面空無一人。

羅依麗走到窗前，下意識往下探望，沒有發現李銘成躲藏的身影。

也不曉得對方是躲到哪邊去了？

羅依麗心裡沒怎麼擔心。

李銘成那麼大的一個人了，再怎樣也不可能把自己搞丟吧。而且他身上有手機，隨時都能跟人聯絡。

對羅依麗來說，李銘成只是故意鬧失蹤，好讓大家難以安心。

羅依麗咂下舌，當初是看在李銘成有錢的份上跟他交往，雖然曉得他很難搞，但也沒料到會如此小肚雞腸，還承受不了一點刺激。

她承認，她是對高天翔有那麼一點意思……不過他們兩人沒眞的幹嘛，居然就這樣認定他們有一腿。

「眞受不了……」羅依麗由衷希望李銘成能晚點再回來，最好等她睡了之後，免得還要看對方擺出一張臭臉。

從行李袋拿出換穿的衣物，羅依麗走進浴室。

民宿的浴室跟它的外表同樣簡陋，沒有浴缸，也沒有乾濕分離，好在還有基本的洗髮精、沐浴乳、毛巾等備品。

羅依麗瞄了一眼放在三角置物架上的大瓶洗髮精和沐浴乳，沒聽過的牌子，看上去就是很廉價的東西。

「早知道就自己帶來了……」羅依麗嫌棄地嘀咕著，「也不知道會不會刺激皮膚或頭皮。」

快速脫下衣物，羅依麗沖濕身體和頭髮，這才擠出洗髮精，從頭髮開始。

在十指的搓揉下，頭髮上很快堆積大量白色泡泡。

羅依麗微仰著頭，以免泡沫滑落下來沾到眼睛。

正當她要站回蓮蓬頭下沖洗頭髮之際，浴室外忽地傳來一陣敲門聲。

咚咚咚。

有人急促地敲門，彷彿有什麼重要的事。

羅依麗一愣，以為自己聽錯了，她把水關掉再聽。

浴室外很安靜，不像有人進房的樣子。

應該是聽錯了吧……羅依麗重新打開水，水流才剛嘩啦嘩啦地灑下，門外赫然又傳出咚咚咚的聲響。

突然的敲門聲讓羅依麗嚇了一跳，趕忙揚聲喊道，「誰啊？」

門外沒了動靜，沒有人回應。

「寶貝，是你嗎？」羅依麗狐疑萬分，同時心底隱隱有個猜測。

該不會是李銘成回來了，故意整她出氣吧。

想到這裡，羅依麗關掉水，抓起大浴巾圍在身上，匆匆打開浴室門一探究竟。

出乎意料，房裡一個人也沒有。

羅依麗光著腳走出來，仔細打量房內一圈，能藏人的地方全都沒發現李銘成。

羅依麗的目光落到沒上鎖的房門上，覺得李銘成很可能是敲完門就立刻跑出去。

她撇撇嘴，心裡嘲諷對方的幼稚。

她可不想等等洗到一半對方又跑進房裡嚇她，決定先把房門鎖上。

鎖門後羅依麗安心多了，她回到浴室，重新打開蓮蓬頭讓水花流下。

溫度適中的水流令羅依麗發出舒服的喟嘆，美中不足的是這裡沒浴缸，不然就能泡個澡，好好放鬆身體。

頭髮剛沖完，羅依麗拿起小毛巾往臉上一擦，就在這剎那間，浴室外霍然再次響起了敲門聲。

咚咚咚！咚咚咚！

這次變得更猛烈，彷彿要把門板砸穿。

「李銘成你到底要幹嘛啦！」洗個澡還要再三被打擾，羅依麗怒從中起，想也不想地衝著門外高嚷。

嚷完後才驟然想起一件事——房門是鎖上的，鑰匙也被她放在房間梳妝台。

……所以，是誰在敲浴室的門？

浴室裡氤氳著熱水製造出的白色霧氣，皮膚上還留著熱意，然而羅依麗體內卻無法克制地竄上一股子涼意。

她僵硬地站在原地好一會，隨後也不關水了，不管身上仍濕答答的，抓起睡衣胡亂套上，一個箭步衝出浴室。

隨著浴室門乍然開啓，蒸騰的煙氣從狹小空間奔出，飄散至房間。

擺放雙人床的房間裡仍然沒有其他人的蹤影。

房門和浴室間隔著一座梳妝台的距離，羅依麗站在梳妝台前，鏡子倒映出她猶然滴著水的狼狽身影，也映出她浮上惶然的臉。

羅依麗死死盯著保持上鎖狀態的房門，本因熱氣而爬上臉頰的紅暈消退，一張臉變得蒼白無比。

門依舊鎖著，鑰匙也依舊在梳妝台上。

到底是誰在敲門？是誰在浴室外敲她的門？

羅依麗身子發顫，手指無意識揪著睡衣襟口，隔著薄薄的一層布料，她能聽到自己心**臟正怦怦怦地猛力跳動**。

羅依麗告訴自己不要胡思亂想，絕對有辦法可以解釋現況。

也許這房間不只一把鑰匙，只是老闆收起來，被李銘成找到而已。

沒錯，一定是這樣的！這個推測非常合理，所以才不可能是什麼靈異事件！

腦中一跑出「靈異」兩字，羅依麗情不自禁地哆嗦一下。她用力搖搖頭，不敢再深思，快步地打開房間大門，想要下樓把李銘成找出來。

只要找到李銘成，她也就不需要再胡思亂想了。

走廊上空無一人，可以聽見樓下偶爾傳出聲響。

羅依麗顧不得頭髮還沒擦，任憑水珠滴滴答答地墜落地板。她剛來到樓梯口，就聽見另一道腳步聲正往上接近。

她心頭一喜，認定是李銘成又上樓了，準備擺出委屈的表情向他抗議爲什麼要故意嚇自己，然而走上二樓的卻是張思嵐。

「妳幹嘛？怎麼站在這裡？」張思嵐訝異地看著杵在樓梯口前不動的羅依麗，「妳頭髮怎麼也沒吹？都在滴水了妳有注意到嗎？」

「妳……」羅依麗吞吞口水，「妳有看到李銘成嗎？」

「李銘成？沒啊。」張思嵐說，「他還是沒出現，民宿外也沒看到，打電話又沒人接，胡紹安和連心文剛進去竹林找他了。」

「他眞的還沒回來嗎？妳沒騙我吧？」羅依麗迫切地問道。

「我沒事騙妳要幹嘛？」張思嵐一臉莫名其妙，但也沒忘記提醒對方，「妳還是回去吹個頭髮吧，這樣很容易感冒的。」

「那妳上樓時有看到誰跑下去嗎？」羅依麗不依不撓地追問，語氣裡滲入一絲顫音，「還是說……有其他人也上樓了？」

「只有我上來，胡紹安跟連心文去找李銘成，周偉毅在樓下吃東西，高天翔跑到湖邊了，說要看星星。」張思嵐說到後來，發現羅依麗的臉色更白了，「妳還好吧？到底怎麼了？」

「剛剛……剛剛我房間有人！」羅依麗慌亂地抓住張思嵐的手，像抓住她眼前所能看到的浮木，「我洗澡的時候，有人敲浴室門！」

「會不會是妳聽錯？」張思嵐遲疑地問。

「不是，我沒聽錯，我真的沒聽錯！房間門我還鎖上了，可是還是有人敲門！」

羅依麗回想起剛才房裡的遭遇就全身發冷。現在要她獨自回房，她是絕對不敢。可是她澡才洗到一半，不想維持這種尷尬的狀態。

羅依麗連忙央求張思嵐，「妳能不能陪我回房間？我洗澡很快的，妳就待在房裡等我。拜託了，別讓我一個人！」

看羅依麗一副快哭出來的模樣，張思嵐不忍拒絕，答應和她一塊回到房間。

知道有人在外面陪著自己，羅依麗稍微安心一點。但她怕張思嵐中途丟下她自己一人，三不五時就大聲叫著張思嵐的名字，好確定人還在。

聽著張思嵐每一次的應和，羅依麗用最快速度把澡洗完，平日的身體保養都不做了，衣服套好就快速跑出浴室。

張思嵐坐在梳妝台前等她，見到她出來，關心地問了一句，「沒再聽見什麼奇怪的聲音了吧？」

「沒有。」羅依麗鬆口氣，又拉著張思嵐，要她繼續留下來等自己吹完頭髮。到羅依麗吹完頭髮爲止，房裡不曾再發生任何奇怪的事。

似乎因剛剛房內短暫的陪伴，羅依麗加深了對張思嵐的依賴，就連下樓時也要緊貼著她不放。

兩人一前一後走下樓梯，就看到周偉毅坐在民宿外的背影。

客廳裡沒瞧見其他人，看樣子外出的幾人還沒回來。

張思嵐對羅依麗做了個「噓」的手勢，接著躡手躡腳地靠近背對她們的周偉毅。雙方距離只剩不到半步時，她冷不防地用力拍上周偉毅的肩頭，「喂！還在吃宵夜嗎？」

被人突然拍肩，周偉毅的身子不自覺震晃一下，他捧著碗轉過頭，咕嘟地把嘴裡的食物嚥下，這才開口。

「剩下的烤肉，妳們要吃嗎？桌上還有一些。」

張思嵐和羅依麗下意識往他碗內一看，瞳孔瞬間收縮，駭然躍上她們的臉。

不久前才經歷過浴室驚魂的羅依麗更是當場爆出尖叫。

「呀啊啊啊啊啊！」

那才不是什麼烤肉，碗裡的分明是一堆枯葉和爬動的蟲子！

而周偉毅彷彿沒看見，繼續用筷子挾起一隻蟲，就要往嘴裡塞。

「你瘋了嗎？你在吃什麼啊！」張思嵐情急之下用力打落周偉毅的碗，碗內東西傾倒一地，細長的蟲子在地上緩慢蠕動。

自己的宵夜無故被人打翻，周偉毅一時愣住，像是沒反應過來。

「怎麼了？怎麼了？」

遠方驟然傳來幾道焦灼喊聲，三條高矮不一的人影從不同方向逐漸往民宿接近。

是胡紹安、連心文和高天翔。

唯獨沒有李銘成。

「發生什麼事了？遠遠就聽到有人尖叫。」高天翔跑得最快，率先回到民宿大門前。

張思嵐和羅依麗這時也無暇詢問李銘成的行蹤，她們煞白著臉，指著地上的狼藉，就像失去發聲的能力。

高天翔困惑地低下頭，緊接著咒罵一聲，往旁跳開一大步，「我靠？爲什麼有這麼多蟲！」

連心文和胡紹安慢了幾步過來，他們先被高天翔的吼叫嚇到，隨即也看見地上散落的枯葉及在葉中緩慢爬行的蟲子。

許多長長的蟲子如毛蟲般伸展身子地蠕動，教人看得頭皮發麻。

連心文更忍不住發出驚呼，忙不迭往後退，就怕蟲子往自己爬來。

眾人的反應讓周偉毅回過神，面露不滿，「什麼蟲？我好端端地吃烤肉，結果張思嵐忽然……」

「什麼烤肉！」張思嵐厲聲大喊，「你自己看清楚，地上那些東西叫烤肉嗎！」

「你們到底在……」周偉毅似乎難以理解大夥爲什麼都露出嫌惡跟害怕的表情，他低頭往自己腳邊一看。

下一秒周偉毅發出不成調的悲鳴。

他動作劇烈地向後退，一時忘了自己還坐在椅子上，險些往後栽倒。

「怎麼……怎麼會是蟲！我剛吃的明明是烤肉！」周偉毅面色發白，隨即像憶起什麼，雙眼駭恐瞠大。

他驀然摀住嘴，跌跌撞撞地往一旁空地跑去。

暗夜裡傳來了撕心裂肺的乾嘔聲。

「噫啊！他剛剛……他剛剛是不是……」想起周偉毅不久前嘴裡仍咀嚼著東西，一股反胃感直衝羅依麗胸口，她反射性掩住嘴巴，就怕自己忍不住也要吐了。

就算羅依麗沒有完整說完，胡紹安幾人也能猜出她想說什麼。

光是想像周偉毅把蟲子吃下肚的畫面，饒是胡紹安和高天翔也不禁臉色發青。

「周偉毅他……他是怎麼回事？」連心文心驚膽顫地繞過地上那些蟲子，走到張思嵐和羅依麗身邊，「他為什麼會吃……」

「他還說他是在吃烤肉。」胡紹安驚悚地說，「他沒發現自己在吃什麼嗎？」

「這樣聽起來……不就像是……」山中夜間天氣雖涼，但也不至於讓人發冷，可張思嵐就像被寒意籠罩，搓了搓浮起雞皮疙瘩的手臂。

「……魔神仔作祟。」胡紹安不由自主地把話接下去。

魔神仔是台灣人都耳熟能詳的民間怪談。

傳說它是躲在山裡的一種精怪，會故意對人類惡作劇，模仿別人的聲音，把人引到深山野林中迷失方向，或是讓人吃下泥土枯葉和蟲子。

網路上至今仍能時常看見有人分享在山裡碰上魔神仔的親身經驗。

「魔神仔、魔神仔……該不會敲我門的也是魔神仔！」羅依麗緊緊環抱住自己肩頭，面上血色盡褪，眼裡掩不住惶恐，「爲什麼它要來找我？我什麼事也沒做……我明明什麼事也沒做啊！」

「怎麼了？」見羅依麗被嚇得花容失色，高天翔到她身邊安慰，「還好嗎？」

羅依麗不自覺地抱住高天翔的胳膊想尋求安心，卻摸到一手汗意，皮膚熱度也偏高，「你怎麼一身汗？」

「我……剛閒著沒事就在湖邊慢跑。」高天翔簡單帶過，關心地伸手覆上羅依麗的手背，「這不重要，重要的是妳沒事吧？」

羅依麗眼眶泛淚，重新湧上的害怕讓她一時說不出話。

張思嵐跟幾人講了羅依麗先前在房裡的遭遇，換來他們驚疑不定的眼神。

誰也沒想到羅依麗獨自待在二樓房間時，竟會碰上這樣的事。

還有周偉毅有如被蒙蔽雙眼地將蟲子當成烤肉在吃……

他們在竹林廢屋故意假造靈異事件，現在……靈異事件似乎眞的找上他們。

周偉毅慢慢走回來，他形容憔悴，眼裡滿是驚魂未定，誤吃蟲子顯然帶給他重重打擊。

眾人關切地問了幾句，他搖搖頭，提不起精神多說。

「怎麼辦？到底爲什麼會發生這種事？」羅依麗抓著高天翔不放，身子克制不住地輕顫，「這太奇怪了吧，我們又沒做什麼……爲什麼魔神仔會找上我們？」

「我們頂多是在竹林廢屋嚇一下李銘成……總不能連這樣也不行吧。」胡紹安煩躁地抓著頭髮，「現在李銘成人也不知道跑哪去了……」

「胡紹安，你說李銘成沒回來，會不會是因爲……」連心文欲言又止，但足以讓大家領悟到她想表達的意思。

李銘成會不會是在竹林裡碰上不尋常的存在？

會不會他在落單的時候撞上了……魔神仔？

「不可能吧……」胡紹安乾巴巴地擠出連他自己也覺得無力的反駁，「魔神仔幹嘛找上……！」

胡紹安忽然閉上嘴與連心文面面相覷，兩人剎那間想到同一件事。

竹林裡的那塊石碑！

「李銘成踩了石碑……」連心文喃喃地說，「難不成是因爲這樣……」

經連心文提起，其他人紛紛回想起來。

下午去竹林廢屋的路上，李銘成因爲踩到爛泥巴發了一頓火。他找到一塊刻字石碑，不管三七二十一就把鞋子踩上去，利用石碑刮落鞋底的泥巴。

「還有晚上的那根竹子……」高天翔艱澀地擠出聲音，「我不是跟你們說，我跟李銘成一起行動的時候碰到一根倒地的竹子。結果李銘成一跨過去，竹子馬上彈起。該不會那根竹子其實也是魔神仔……」

「是李銘成吧，絕對都是他的錯！」突然找到可以針對的對象，羅依麗不假思索立刻怪罪起對方，渾然不在意那個對方是自己男友，「我們是被他牽拖的，都是他亂踩石碑，才會引來魔神仔。沒錯，肯定是這樣的，是李銘成害我們被連累的！」

眾人沒說話，但眼神不約而同洩露出他們也是相同想法。

「那……那現在該怎麼辦？」張思嵐打破死寂，「李銘成人沒回來，先不管他是不是碰到了……」

張思嵐模糊地把幾個字帶過，反正大夥都能明白她的意思。

她環視眾人一圈，指出現在最重要的問題，「我們是不是去找他比較好？」

身爲網友的張思嵐都提出來了，和李銘成是同學的胡紹安、高天翔更不可能持反對意見。

再怎麼說李銘成都是他們的同學，把他一個人丟著不管未免太說不過去，尤其在對方還可能遇險的前提下。

胡紹安二話不說地點點頭，「得去找他才行。」

也許是想到先前和李銘成的不愉快，高天翔臉上閃過一瞬焦躁，但還是跟著僵硬地點下頭。

羅依麗一點也不想再走進那座黑漆漆的竹林，她想到更好的方法。

「我們找民宿老闆幫忙怎樣？他不是說有事可以打電話給他？」

「都快十一點了，要兩個老人家陪我們一起找嗎？」張思嵐有些猶豫，「會不會不太好……」

想到頭髮花白的民宿老闆與老闆娘，羅依麗又覺得這似乎不是個好主意。

「不然報警吧。」高天翔提議道。

「不是說失蹤二十四小時警察才會受理嗎？」羅依麗反駁。

「那是錯誤觀念，失蹤報案沒有時間限制。」周偉毅推推眼鏡，出聲糾正，接著又看向羅依麗，「既然妳是他女朋友，妳來報警吧。」

「為什麼是我？大家都可以直接報警吧。」責任突然落到自己身上，羅依麗反射性產生了抗拒心理。她不是不擔心李銘成，但一想到要對警察解釋對方失蹤前做了什麼，就覺得麻煩。

尤其是這還牽扯到她跟高天翔之間的曖昧……

這樣想的不只她一個，高天翔也面色猶豫地開口道：「報警的話，警方會相信他是惹到魔神仔才失蹤嗎？」

眾人面面相覷。

「還是我們自己先找吧，說不定跟魔神仔沒關係，他只是生悶氣躲起來而已。」胡紹安提議道，這句話獲得大部分人的同意。

事情就此拍板定案。

羅依麗雖然不想外出，可思及如果大家都去找了，反而只剩她留在民宿。

她打了一個寒顫，把本來想說的拒絕全數吞回喉嚨裡，只是在分組的時候毫不猶豫地選擇了交情不錯、對她而言也最為可靠的高天翔。

第七章

籠罩在黑夜下的竹林就像個廣大的迷宮，一不留神就會將人困在其中。

胡紹安幾人走入前不忘彼此提醒沿途要做上記號，有問題就馬上聯繫，千萬別和隊友走散，避免也成爲迷路的一分子。

高天翔和羅依麗一起，張思嵐跟周偉毅同組，胡紹安則與連心文一塊行動。

若在其他時候，胡紹安會很高興自己能獲得跟連心文獨處的機會，然而現在他完全沒有這般心思，只不斷祈求李銘成千萬別出事。

他和連心文都握著手機充當手電筒，熾白的光線在幽深的黑暗裡猶如一把利刃切開前方迷障。

想起李銘成曾拿石碑刮掉鞋底爛泥，胡紹安和連心文因此重回石碑附近，冀望能在這裡發現什麼。

可是陰森的竹林裡只見到被歲月磨損了稜角、也模糊了字跡的石碑，它靜靜地屹立不動。

晚風吹入，竹葉又沙沙響動，一波接著一波，宛如綿延不絕的浪潮。

胡紹安和連心文什麼也沒發現。

他們甚至還繞到竹林廢屋那邊，那棟像被遺棄在竹林深處的兩層樓建築掩沒在暗影之中，破碎的窗戶就像受傷的眼睛，沉默地俯視著他們。

依舊沒有找到李銘成。

所有人找了好幾小時，找到筋疲力盡，最後仍沒有尋得李銘成的身影或與他去向有關的線索。

別無他法之下，他們只好暫停搜索，先回到民宿商討。

同伴無端失蹤，手機也無法聯絡得上，圍坐在客廳裡的眾人表情都不太好看。憂慮就如一抹厚厚的烏雲堆壓在他們心頭，壓得他們幾乎喘不過氣。

說是商討，但眾人也明白他們現在已是無能爲力，只能尋求外界的力量。

胡紹安看著面前一張張難掩疲憊的臉，其中高天翔顯得格外焦慮，坐立不安。這不難理解，畢竟現場和李銘成認識最久的就是他和自己。

「等明天吧……」胡紹安揉了一把臉，低聲地說，「要是明天李銘成還沒出現，我們就直接報警吧。」

「看樣子也只能這樣。」張思嵐長嘆一口氣，「誰也沒想到會變這樣。總之大家都累了，先回房好好休息吧。」

「等等，我不想一個人睡！」想到自己必須獨自待在那個曾發生怪事的房間，羅依麗再也坐不住，心神不寧地大叫，「萬一又出事怎麼辦？」

幾個人對望一眼，這的確也是一個問題。

「妳跟我們一起睡吧。」連心文主動邀請。

「那妳們誰要讓床給我？」羅依麗微抬下巴看著她與張思嵐。

「三個人擠一擠不就好了。」張思嵐打了個呵欠。

「那樣很難睡耶……」羅依麗不情願地嘀咕，「我可是很注重睡眠品質的。」

「愛來不來隨便妳。」張思嵐已經有點不耐煩，拋下話後自顧自地先上樓。

場面一時有些尷尬，胡紹安出聲打圓場，「妳們女生還是一起睡吧，有個伴比較保險。」

「是啊，依麗，只是擠一個晚上而已。」連心文安撫。

「我知道了啦。」羅依麗跺跺腳，最終還是妥協，「不過妳得先陪我回房間拿東西。」

既然羅依麗晚上的去處有了著落，眾人不再多聊，互道一聲晚安便各自回房。

考量到說不定李銘成半夜會自行回來，民宿一樓的燈光沒關，就連大門也只是閉掩而沒上鎖。

經歷幾個小時的辛勞後，照理說已經疲倦到極限，理當一沾到床鋪就會陷入深深的夢鄉。

但可能太過記掛李銘成的下落，也或許是今晚發生的怪異事件讓人不安，胡紹安就算是躺在床上，始終無法入睡。

躺在另一張單人床的周偉毅早已呼呼大睡，輕微的鼾聲迴盪在房間裡，爲深沉的夜色增添了一點噪音。

周偉毅的鼾聲不至於擾人，胡紹安大學住宿時碰過更糟的，當時他照樣睡得著。

他翻了一個身，身子像蝦米般蜷縮起來。這是他平常習慣的睡覺姿勢，他強迫自己閉上眼，好設法培養睡意。

但聽著周偉毅的鼾聲及偶爾冒出的些許磨牙聲，胡紹安的大腦依舊清明得很，思緒彷彿煞不住的火車，持續往前橫衝直撞。

他就是沒辦法停下思考，就是無法不去想高天翔說的那根靜躺在地，又在李銘成跨過後無預警彈起的詭異竹子。

無法不去想羅依麗在浴室洗澡時聽見的古怪敲門聲，還有周偉毅……

胡紹安雖說沒親眼看見，但羅依麗和張思嵐都目睹了周偉毅毫無知覺地把蟲跟枯葉當成烤肉吃下肚的一幕。

即便被子蓋住身體，胡紹安仍忍不住感到一股寒意。他打了個哆嗦，把棉被拉得更緊，把自己的整個腦袋都掩蓋在棉被底下。

別想了……別再想了！胡紹安嚴厲地斥喝自己，試圖唸些佛號讓心情平復下來。但把知道的神明都默唸一遍了，他絕望地發現一點效果也沒有，他依舊無法停止回想高天翔和張思嵐說的事，甚至腦海還自動描繪起當時可能的場景。

鬼氣森森的竹林裡，一根竹子就這麼靜悄悄地彎下身子，貼靠在地面上。好似埋伏在此的野獸，等著獵物毫不知情地走過，接著「啪」地大力彈高，在空氣中拉出尖銳的嘯聲，如鬼魅嘻嘻嘲笑著一無所知的人類。

對了，民宿老闆好像還說過，碰到躺在路上的竹子不能跨過去，否則跨過的人很可能不久後就會死去。

他們今天下午都去過竹林，但沒人見到竹子躺下來，只有李銘成倒楣地碰上。

不對，不是李銘成倒楣，倘若不是他先對那塊石碑做出無禮的事……是不是後續的一切都不會發生？

胡紹安想得心慌意亂，揪著被子翻過來又翻過去，仍是輾轉難眠。

他撐起身子，撈過放在矮几上的手機，上面時間顯示已半夜兩點了。

他鬱悶地吐出一口氣，把手機放回去，重新縮起身子，這次試著強迫自己數羊。方法是老套了點，可也許數著數著就這麼昏睡過去也不一定。

胡紹安緊閉著眼，開始在心中默數一隻羊、兩隻羊、三隻羊……

不知數到第幾隻，還是沒感覺想睡。不過好歹專注在數羊上不會讓他東想西想，最後把自己想得瑟瑟發抖。

棉被蒙著臉太久，呼吸有點不順，胡紹安把被子往下拉，深深吸了口新鮮空氣。

不知道是不是因身處山間，就連空氣好像都變得沁涼，像吸進一小把薄荷糖到鼻腔裡。

猝然竄進鼻子裡的冷意讓胡紹安浮上打噴嚏的衝動，他連忙捏著鼻子，免得自己響亮的噴嚏聲吵醒旁邊的周偉毅。

待鼻子裡的癢意退去，胡紹安放鬆身體，他不想面對著周偉毅，盯一個男人的睡臉只可能更讓他睡不著覺。

他往另一邊翻過身，想再次投入數羊大業。

就在這瞬間，他聽到了一個聲音。

啪噠啪噠。

夜深人靜之際格外清晰，像落石投入平靜的水面。

胡紹安翻身的動作一頓，他維持著半支起身體的姿勢，下意識豎尖耳朵，但進入耳中的是一片寂靜。

那一聲彷彿只是幻覺。

胡紹安也是這麼告訴自己，他倒回床鋪，身體剛放鬆下來又猛地繃緊。

又聽到了。

仍然是「啪噠啪噠」的聲音，像是有誰在半夜小跑步。

不會眞的有誰半夜不睡覺，在那……超慢跑之類的？這個猜測剛浮上就被胡紹安否決。

他們都睡在二樓，樓上根本沒人……還是說上面有東西倒了？

胡紹安本就沒什麼睡意，確定啪噠聲不是自己聽錯，登時支起身子坐起。

房裡被黑暗包圍，一會兒雙眼才能適應，看見房內的大致輪廓。

胡紹安坐在床上，被子滑到腰間。他屏著氣，在周偉毅的鼾聲中等待那道聲音的出現。

過了片刻，那陣「啪噠」聲又響起，就像在安靜的浴室間聽見水珠墜下，砸落在地板上。

眞的來自上方！

胡紹安反射性仰高頭，看見一片昏暗的天花板。

而天花板之上……

是閣樓。

反正也睡不著，好奇心又撓得胡紹安無法靜下心，更何況，那個啪噠聲若一再出現，他想要入睡也很難。

胡紹安乾脆掀開被子，起身下床。他拿起手機，讓螢幕亮起冷光，在那微光中穿好鞋子，輕手輕腳地離開房間。

走廊燈已暗下，但通往一樓的樓梯口傳來光線，那是客廳裡仍留著的大燈。

鵝黃色的溫暖光輝讓深夜的走廊少了一分陰森，也讓胡紹安能清楚視物，不用開燈就順利找到通往閣樓的小樓梯。

那是一座短短的木造樓梯，只有六階，盡頭是一扇關起的木門。

胡紹安記得那扇門沒上鎖，門後是堆放雜物的儲藏室。

他們今天入住民宿後幾乎把整棟建築逛過了，唯獨這處被當作儲藏用的小閣樓沒進去。

胡紹安走上樓，在最後一階站定，五指握住門把，往順時針方向一轉。

一轉到底，門果然沒上鎖。

胡紹安正要再施點力，將門扇往內推開，「啪噠啪噠」的聲響伴隨著一聲咯咯輕笑，冷不防再次於他的耳邊炸開。

胡紹安一驚，身子跟著反射性彈動，還好他仍記得自己正站在樓梯上，才沒有因爲向後退而摔下樓梯。

他震驚地瞪著閣樓門板，寒意爬了上來。

那陣啪噠聲這一刻聽起來一點也不像東西倒下的聲音，更像是有誰在裡面跑來跑去……還有那道笑聲！

有人在閣樓裡!?

照理說大夥都在各自房內……難道有誰偷偷摸摸跑來閣樓嗎？

「誰……誰在裡面？」他緊張問道。

門後沒有丁點回應，彷彿方才的奔跑聲及笑聲都是他的錯覺。

胡紹安莫名感到不安，他深吸一口氣，試著將門往內推開。

卻碰到一股阻礙的力道。

他一愣，感覺門後像堵著什麼，讓他無法順利開門。

怎麼回事？胡紹安加大力道，門稍微往內被推開一些。從門縫看不清裡面狀況，他咬咬牙，卯足勁，身體抵上門板，用力再一推——

門終於被開出足以讓人通過的縫隙。

他拿出手機，開啓手電筒功能向內一照。

燈光映照範圍內，能瞧見不少紙箱和雜物堆放其中，正對著門的窗戶是敞開的，大概是民宿老闆離開前忘記關上。

但沒有看到會製造出聲響的物體。

那估計是在門後了。

抱持著這個想法，胡紹安站在閣樓外，探進半截身體朝門後看去，光線也順勢照過去。

然後他看到一雙腳。

即使雙眼已看清那是一雙腳，然而胡紹安的大腦卻無法馬上理解，過了好幾秒才恍然大悟。

啊，是一雙腳呢。

胡紹安覺得自己的狀況有點異常，就算能意識到看到的東西非比尋常，但周身像有一層薄膜包圍著，導致思緒遲鈍無比。

腳的主人就坐在門後面。

他的脖子緊緊勒纏著繩子，繩子另一端綁在門把上，雙眼瞠得極大，臉部表情彷彿見到什麼驚人之物。

那張固定成猙獰表情的臉……是眾人遍尋不著的李銘成。

幾個小時前還和自己說過話、起過爭執的人，突然就變成一具冷冰冰的屍體。

超出承受範圍的衝擊讓胡紹安臉上血色盡褪，手一抖，手機直直砸在地板上。

「啊啊……」胡紹安不知道自己嚷出了什麼，他以爲自己大叫出聲了，可逸出的其實只是微弱的呻吟。

像是氣泡剛浮出水面，接著無聲無息地破裂。

掉落在地板的手機正好背面朝上，射出的光線有如爲李銘成的屍體籠上一層森寒的光。

看起來既駭人，又有種奇異的不眞實感。

胡紹安驚恐地向後退。

他嚇得忘了自己還站在樓梯上，這一退霎時踩空，整個人驟然往後摔下，滾落樓梯，撞擊出響亮的聲音。

胡紹安被撞得頭暈眼花，身體各處都傳來疼痛，唯一慶幸的是樓梯很短，一下就到底。

他狼狽地躺在走廊地板，痛苦地吸著氣，一時半會間撐不起身子。

滾落樓梯的動靜在夜間格外響亮，如同巨石落進無波水潭，在二樓引起了騷動。

胡紹安能聽到走廊上的房間陸續傳來聲響，燈光跟著亮起，光源從門縫底下流洩出來。

最先從房裡跑出來的是連心文。

她頭髮凌亂，身上穿著睡衣，上面還有粉嫩的綿羊圖案，和她給人的知性文青印象很不一樣。

其他時候，胡紹安一定會覺得這個反差好可愛，更加讓人心動。

可眼下他所有心思都被李銘成的死攫住，身上的疼痛也無一不在撕扯他的神經，讓他斷氣連連。

張思嵐緊跟在連心文身後，寬鬆的上衣隨著她跑出的動作衣襬晃動。

兩人陡然見到胡紹安倒在走廊地板，莫不大吃一驚。

「胡紹安！」

連心文快步跑至胡紹安身邊，關切他的狀況。

張思嵐則是跑到走廊電燈開關前，按下開關，明亮的光線立即灑落整條走廊上。

「胡紹安你怎麼了？你怎麼會……」連心文話語驟停，她注意到胡紹安倒在通往閣樓的樓梯前，而閣樓的木門此時是半開著的。

顯然在閣樓裡發生了什麼事，才會讓胡紹安從樓梯上摔落。

連心文忍不住走上那座木頭樓梯，她走得很慢，每一步都很謹慎。

等到暈眩感消散不少，胡紹安終於能撐起身子。他一抬頭就看到連心文走向閣樓的背影，思及閣樓裡的慘狀，他心頭一震，急切地大吼出聲。

「別上去！」

但來不及了，連心文走進閣樓裡了。

下一瞬，充斥恐懼的尖叫劃破黑夜。

胡紹安見連心文因受到驚嚇而跌坐閣樓門口，他忍痛站起，想去把對方帶下來。

張思嵐快他一步，就像怕連心文受到什麼傷害，三步併作兩步地跑上閣樓。

民宿裡迎來了第二波驚恐大叫。

接著是張思嵐拉著連心文，落荒而逃似地衝下樓梯，緊抓著胡紹安不放。

發生這麼大的騷動，再怎麼熟睡的人也都要被吵醒了。

胡紹安和周偉毅同住的房間門被打開，周偉毅胡亂地把眼鏡往臉上戴，一時也沒管是不是戴歪了，驚愕地看著走廊上的三個人。

「現在是發生什麼事了？」周偉毅茫然地走向胡紹安他們。

羅依麗也從張思嵐她們的房間裡走出來，表情驚恐不安。要不是房外的尖叫太淒厲，她根本不想踏出房間一步。

高天翔的房門最慢打開，他頭髮亂翹，臉上還有未褪的睡意，看見兩個女生緊抓著胡紹安不放時，不禁訝異地睜大了眼。

「怎麼了？你們半夜不睡覺是都在走廊上運動嗎？」高天翔開了一個玩笑，試圖讓大家放鬆一點，但沒人做出反應。

「到底發生什麼事了？」高天翔只好再次開口。

「我不知道，我也剛出來……」周偉毅把歪掉的眼鏡戴好，語氣迷茫。他看看躲在胡紹安身邊瑟瑟發抖的兩個女生，再扭頭順著她們的目光望向閣樓，「她們好像是被閣樓裡的東西嚇到了。」

「閣樓？那裡不是放雜物的地方嗎？我記得老闆是這麼說的……」高天翔看著明顯被嚇壞的三人，心裡不由得也七上八下，「該不會閣樓裡還藏著什麼可怕的東西？總不可能是藏著屍體吧？」

高天翔最後一句話純粹是隨口一提，但他萬萬沒想到自己剛說完這句，胡紹安他們猛然扭頭朝他看了過來。

「抱歉……我不該在這時還開玩笑。」高天翔以爲胡紹安他們是受不了自己不會看場合說話，但三人恐慌的神情和驚懼的眼神讓他心中咯噔了下，不安迅速膨脹，將他整個人包圍，「不會吧？不可能的吧……」

「什麼東西？你們在說什麼？」羅依麗慌張追問，「閣樓裡是有什麼啦！」

「屍體。」周偉毅推推眼鏡，低聲地說，「假如我沒猜錯他們的意思。」

「屍體？別開玩笑了！這裡怎麼可能會出現屍體！」羅依麗完全無法接受，尖銳的質問迴盪在走廊間，「如果這是惡作劇也太爛了！」

「……要是惡作劇就好了。」胡紹安站起，身上的疼痛讓他不住齜牙咧嘴，但相較於接下來要面對的殘酷現實，這都算不了什麼，「女生就待在這裡吧，高天翔和周偉毅跟我一起上去。」

像是要一口氣堵住所有人的疑問，胡紹安閉了下眼，告訴他們閣樓裡究竟有什麼。

「——李銘成在上面。」

第八章

這只是一句簡短的話，組合起來的字也只有六個，可聽在高天翔幾人耳中，像是難以理解的外星語言。

什麼叫李銘成在上面？

但周偉毅剛又說胡紹安他們在閣樓裡發現屍體。

所以在閣樓裡的屍體是……

「啊啊……不可能，不可能吧……」羅依麗雙腿一軟，扶著牆壁滑坐至地板，「他不是在外面？他明明沒回來……」

張思嵐和連心文沒開口，只是對著羅依麗慢慢地點下頭，證明這個駭人的事實。

胡紹安強迫自己邁出沉重的腳步，帶著高天翔和周偉毅走上小閣樓。

閣樓不算寬敞，又有不少雜物，塞進三個大男人後顯得格外擁擠。

可誰也沒餘力計較這種小事。

就算胡紹安告訴過他們閣樓裡有什麼，但這都比不上親眼目睹時帶來的衝擊。

有了第一次的驚嚇，胡紹安第二次上來時勉強尚能保持一絲冷靜，他在門旁牆邊找到電燈開關。

開關一按，懸掛在空中的燈泡即刻亮起。

昏黃的光輝照亮這處不大的空間，幽暗再沒有辦法阻擋在高天翔和周偉毅面前，他們清清楚楚地瞧見了李銘成的模樣。

行蹤不明的李銘成就坐在門板後，繩子纏繞住他的脖子。他的腦袋微微歪向一邊，五官擠壓成猙獰的表情，眼珠突出，好似生前曾看到某種恐怖畫面。

他就坐在那裡，一動也不動，像個笨重的雕像。

周偉毅倒抽一口氣，臉色大變，像是難以相信映入眼中的景象。

被驚嚇到的不僅是周偉毅，高天翔這個個子高大的男人甚至連站都站不穩。他的雙腿彷彿被抽出骨頭，直直地就要往下跪倒，要不是胡紹安及時攙扶，膝蓋就要砸在地板上了。

「他死了……他爲什麼會死在這裡……」高天翔發白著臉，一時之間只是重複這一句。

胡紹安也想知道爲什麼，爲什麼幾個小時前還是活生生的人，再見到時卻變成一具冷冰冰、沒有呼吸心跳的屍體。

「是不是他跨過那根竹子的關係？老闆不是說了，跨過竹子後就可能會死！」高天翔驀然大力抓住胡紹安，語無倫次地說，「不然他怎麼會死在這？是竹子，是魔神仔造成的！胡紹安你說！你說啊！」

「我不知道！我什麼都不知道！」胡紹安被逼得心亂，忍無可忍地大吼一聲。

高天翔彷彿被他震住了，無意識地鬆開手。

「不管怎樣，先……」胡紹安緊緊攥住手指再鬆開，「先把那條繩子解下來，然後我們報警。」

沒人對這點有意見，周偉毅主動上前解開李銘成脖子上的繩子，隨後再和高天翔一人搬肩、一人搬腳，將屍體平放在地板上。

一放好，誰也不想在此處多逗留一秒，立刻紛紛跑出閣樓。

胡紹安是最後一個，跑出閣樓後他沒忘記把木門使勁關上。

似乎這樣做，就能把所有的畏懼、驚怕都留在閣樓裡。

見三人回到二樓，張思嵐白著臉，舉起手機對他們無助地說，「我本來想報警，但手機忽然沒訊號……」

「我的也是。」連心文剛是和張思嵐一起回房裡拿手機，她將自己的手機畫面展示給眾人看。

與張思嵐的一樣，螢幕頂端都找不到那個熟悉的訊號標誌。

「是魔神仔……一定是魔神仔搞的鬼……」羅依麗縮在牆邊，神經質地不斷唸著。

胡紹安三人對望一眼，拔腿就往各自房間衝去，再拿著手機走出來。

每個人的臉色都不太好看。

連心文看他們的模樣就知道答案，「你們的手機該不會也……」

「不行。」胡紹安重開了幾次網路都是相同結果，手機依舊收不到訊號，「電話呢？民宿有電話吧，去櫃台那邊找看看。」

胡紹安話聲未落，首先動作的竟是縮在牆邊瑟瑟發抖的羅依麗。

她神情狂亂，迅雷不及掩耳地搶在所有人之前衝下樓，倉皇凌亂的腳步聲在樓梯間震天響動。

胡紹安幾人一愣，隨後也迅速往樓下跑。

羅依麗跑到櫃台裡，一眼就看到那台醒目的紅色座機。

她欣喜若狂地撲過去拿起話筒，手指還沒按下任何數字，雙眼就被貼在電話上的字條吸引注意。

上面寫著「故障」，旁邊還有一行要記得找人來修的提醒。

羅依麗不死心地戳按著數字鍵，但無論是打110或家裡電話，話筒裡都是寂靜無聲。

意識到電話眞的壞掉後，羅依麗呆然地握著話筒，心情如同從天堂掉到地獄。

胡紹安他們下樓時，只見到羅依麗扔下話筒，抱頭崩潰地吶喊，「啊啊啊啊！爲什麼會故障！爲什麼就是不能打！」

「我想起來了，老闆說過民宿的電話故障……」連心文白著臉，小小聲地說。

經連心文提醒，胡紹安也回想起來似乎有這麼一回事，但當時誰也沒在意。

「可惡，可惡啊……事情怎麼會變成這樣？」胡紹安將臉埋進掌心裡，全然不懂明明是一趟輕鬆愉快的出遊，爲什麼事態會急轉直下，演變成如此糟糕的局面？

「對了，車子！還有車子！」羅依麗抬起臉，髮絲凌亂地垂落頰邊，一向注重形象的她渾然不知自己此時盡顯狼狽，她喃喃自語一句，接著猛地拔腿往民宿大門的方向衝。

眾人被她突來的舉動嚇到，忙不迭上前攔阻。

「羅依麗妳等一下！妳要幹嘛！」高天翔用力抓住對方的手。

張思嵐、連心文和周偉毅也擋在羅依麗前面，不讓她在情緒極不穩定的狀況下跑出民宿外。

「放開我！我要出去！」羅依麗歇斯底里地掙扎著，「外面有車，我要下山！我現在馬上就要離開這個鬼地方！」

「妳冷靜，妳冷靜點！」羅依麗掙扎得太激動，高天翔只好用盡全身的力氣抱住她，「現在開車下山根本找死！」

「高天翔說的沒錯，妳忘了這裡的山路多麼危險嗎？一個不慎就會直接衝到山路外的。」胡紹安也極力苦勸，不希望對方拿自己的生命開玩笑。

但羅依麗仍舊歇斯底里地掙扎，還把高天翔臉上、身上抓出好幾道紅痕。

這樣下去不行，該怎麼做才能讓羅依麗冷靜下來？胡紹安絞盡腦汁，如果可以報警就好了，偏偏大家的手機都沒訊號……

等等！胡紹安忽然靈光一現，他記得以前曾在網路上看過，如果是在偏遠山區沒有訊號的話可以撥打１１……

「不管了，都試試看就對了！」胡紹安拿起手機，準備死馬當活馬醫。

連心文注意到他的動作，不禁關切地看過來，「手機訊號恢復了嗎？」

「還沒，但是我記得沒訊號還是可以報案的，我打算從１１１開始試。」胡紹安解釋道。

「那我打112。」連心文也趕緊拿起手機撥號，她將手機貼在耳邊，數秒後突地睜大眼，「有聲音了，是112沒錯！」

她這聲驚喜的呼喊頓時將眾人的注意力都拉過來，羅依麗也停止掙扎了，睜著一雙惶惶然的眸子盯著她不放。

「是語音，但它可以幫我轉接給警察局。」連心文做了個手勢示意大家安靜一些，讓她好好講電話。

一開始她對著手機講話時還有些結結巴巴，後來終於比較流暢，總算可以順利說出民宿目前的狀況。

等到通話完畢，連心文鬆了口氣地拍拍胸口，對著胡紹安等人說道：「警察說他們會盡快趕過來。」

「太好了……」胡紹安如釋重負。

「既然警察會過來，羅依麗妳也不用現在開車下山，在這裡等比較安全。」張思嵐勸道。

「是啊，依麗，妳回房睡一覺就沒事了。」高天翔鬆開她，將注意力轉向連心文，「警察有說盡快是多快？他們會開夜路上山嗎？」

「我不知道。」連心文搖搖頭。

「好了好了，反正都已經報警了，大家還是趁警察到之前先好好休息吧。」張思嵐伸了個懶腰，情緒不再如之前緊繃。

「但是警察來了之後要怎麼說？李銘成他是、他是……」高天翔欲言又止。

想起陳屍在閣樓裡的李銘成，愁雲慘霧再次籠罩在眾人之間。

沒人知道獨自從竹林廢屋離去的李銘成，最後怎麼會在閣樓裡坐著上吊。

他那時怒火沖天的，怎麼看也不像會忽然跑去自殺。

還有出現在民宿裡的靈異事件……

難道眞的是魔神仔作祟？

想到魔神仔，胡紹安無法避免地再想起先前聽見的跑步聲跟輕笑聲。

閣樓裡當時唯一的「人」只有死去的李銘成，那他聽見的那些聲響究竟又是……

胡紹安越想越頭痛，也不敢將自己聽見怪聲的事說出來。

這除了增加大家的恐慌外，對眼下毫無幫助。

此時從樓梯上滾下撞出來的瘀青也跟著隱隱作痛。他放棄再思考下去，走進廚房給自己倒了一杯水。

怕羅依麗一個人容易胡思亂想，連心文和張思嵐決定先把她帶回房間。

周偉毅打了個呵欠，摘下眼鏡揉揉眼睛，對從廚房走出的胡紹安說道：「我也先回房間了。」

「我在樓下再坐一會，等等上去。」胡紹安內心混亂，本就沒睡意了，現在李銘成又出事，只會更難以成眠。

「那我也上樓了……」李銘成的死帶給高天翔莫大打擊，他整個人失魂落魄，連上樓的步子都像是用飄的。

胡紹安呆坐在沙發上一會，又起身走到大門前，打算打開門鎖時才慢一拍地想起門之前就沒有上鎖。

那時是想著李銘成半夜可能隨時會回來，誰知道他早就回來了，卻是以那種方式再度出現在他們面前。

胡紹安心裡亂糟糟的，他推開大門走出去，外面的空地停著他與李銘成的車。

黑夜中的青竹湖在月光照射下隱隱泛著波光，更遠處的山林都被漆黑夜色吞沒，遠看就像一個龐然大物。

山裡深夜偏涼，胡紹安縮著肩膀，把雙手插入口袋，慢慢地在附近走動。

民宿裡的燈光投映出來，將他的影子拉得長長。

在民宿外來回走了幾圈，胡紹安站在湖邊，習慣性地拿出手機，想要上網隨便看一下，又記起手機早就無緣無故沒了訊號。

他苦悶地嘆口氣，眼神還是順勢往亮起的螢幕上一瞥，隨即他瞪大了眼。

螢幕畫面的頂端，跑出了滿格的訊號標誌！

胡紹安還以爲是自己眼花，再看一次，訊號眞的滿格，網路跟著恢復。

手機的通訊功能正常了。

胡紹安一陣激動，下意識就要撥打１１０，但很快想起連心文早已報警，不禁鬆了口氣地笑出聲。

挾裹涼意的晚風倏然吹來，胡紹安打了個噴嚏，皮膚也爬起一陣雞皮疙瘩。

他小跑步地回到屋內，想坐在客廳裡刷個網路，分散一下注意力。

然而手機上的訊號竟又消失了。

胡紹安愣了愣，不死心地再看一眼，手機依舊處於無訊號狀態。

方才在外面的訊號滿格有若曇花一現。

等一下……外面！

胡紹安霍地從沙發上站起，快步跑出民宿。

還是沒訊號。

胡紹安舉著手機，一步步往更外圍走。

當他來到車子旁邊，手機上的訊號重新浮現，不管上網還是收訊都非常順暢。

該不會……懷抱著某種猜想，胡紹安往後退了幾步。大約六、七步的距離，訊號又消失了。

他再往前走，訊號重新冒出。

也就是說，只要離開民宿一定的距離，手機訊號就會變得正常。

這狀況……簡直就像是在某個範圍內，手機的訊號會被斷絕。

怎麼看都不像是魔神仔作祟了吧，更像是……

訊號干擾器！

隨著這幾字跳出，胡紹安後背一併竄上戰慄。

他們白天來到民宿時，訊號還是正常的。

難道是有人動手腳？

不不不，不可能，根本沒道理啊……

胡紹安想破腦袋也想不透，就算干擾訊號是爲了斷絕眾人與外界聯絡，但他們還是可以靠撥打112來報警，這麼做的意義何在？

難道是要讓大家以爲是魔神仔作祟？爲什麼？

是要將什麼事推到魔神仔頭上嗎……

胡紹安倏地睜大眼，他的腦海中閃過了在閣樓裡的李銘成。

不可能、不可能，這不是眞的吧……胡紹安越想越混亂不安，就算冷風襲來也沒辦法讓他翻騰的情緒降溫。

他必須，再看一次李銘成的屍體。

胡紹安深吸一口氣，大步流星地走回民宿裡，結果卻看見連心文披著薄外套，慢慢地從樓梯上走下來。

連心文？她不是上去睡了嗎？

似乎看出胡紹安的疑惑，連心文攏了攏外套解釋道：「在樓上睡不著，又一直胡思亂想，所以就想說下來坐坐。」

頓了一下，她抿唇露出不好意思的微笑。

「也想說，你可能還待在客廳裡。」

即使內心正因爲方才發現的眞相混亂不堪，乍然聽見連心文這麼說，胡紹安還是無可避免地閃過一瞬喜悅。

「胡紹安，你還好吧？」連心文走近，眼裡浮著擔憂，「李銘成發生那種事，你一定很難過……」

對於李銘成的死，老實說胡紹安至今仍有種不眞實感，就像踩在虛浮的棉花上。但現在聽見連心文的安慰，他瞬間被扯回現實。

他怔怔地看著連心文，看著自己心裡默默喜歡的女生，一股酸澀驟然漫上喉頭。他不知道自己眼眶紅了，但能看到連心文更擔心地靠過來，伸手撫上他的手背。

「難過的話可以說出來告訴我，雖然我可能幫不上太多忙，但我能在這陪你，聽你慢慢說。」

「謝謝……」胡紹安開口就察覺到自己哽咽了，連忙清清喉嚨，設法讓聲音恢復正常。

連心文只是溫柔地注視著他。

胡紹安彷彿從對方身上獲得了力量，這也讓他下定決心，愼重地向她提出要求。

「連心文，妳能陪我再去一次……閣樓嗎？」

「咦？」連心文愣住。

「我……」胡紹安舔舔發乾的嘴唇，「我想再去看看李銘成，確認他的狀況。」

「怎麼突然……」

「也不能說突然，就是我剛剛發現一件事……民宿裡恐怕被人裝了訊號干擾器。」

「咦？」連心文眸子睜大，「訊號干擾器？怎麼會？」

「我在外面測試過了。」怕連心文不相信，胡紹安解釋道：「只要走到青竹湖附近，訊號就會恢復，不信的話妳可以跟我再到……」

「不，我信你。所以你想到閣樓是為了……」

「我們剛都下意識以為民宿裡會沒訊號也是魔神仔作祟，可現在證明很有可能是人為的，那麼李銘成的死……」

胡紹安相信連心文能明白他的意思。

連心文點點頭，不再猶豫地陪他一起到上面的小閣樓。

閣樓裡還是昏暗的，一打開門就像踏入不見底的深淵。

恍惚中，胡紹安甚至生起自己會向下墜落的錯覺。

「胡紹安？」

連心文的詢問拉回了胡紹安的神智。

「沒事，我先開燈。」胡紹安往記憶裡的位置一探，摸到電燈開關按下。

燈泡閃爍幾下，接著穩定地發出昏黃的光輝。

李銘成躺在地板上，臉部表情猶然嚇人。

胡紹安像被螫到般縮回視線，幾秒後才強迫自己看過去。

李銘成還是一動也不動地躺在原地，如同一尊冰冷但形貌猙獰的雕塑。

閣樓窗戶沒關緊，冷不防從外吹來的一陣冷風替這狹窄的空間增添幾分陰森氛圍。

胡紹安的手臂爬滿雞皮疙瘩，他搓搓手，趕緊走去關窗。

濃黑的夜色裡猝然響起一聲尖銳的鳥鳴，乍聽之下宛如小孩哭號。

胡紹安嚇了一跳，隨即浮出一個猜想。

自己先前聽見的笑聲，會不會也是屋外的鳥在叫？

雖然笑聲似乎有了解釋，但腳步聲仍讓他想不透，最後他放棄去想，把它歸咎於是半夢半醒間聽錯了。

雖然自己說要來確認李銘成的屍體，但胡紹安也沒什麼相關知識，只好粗略地檢查屍體外觀。

在連心文的協助下，胡紹安檢查完李銘成的正面，又把他翻過來檢查背面。

這一翻，兩人都目露震驚。

李銘成的脖子染著紅，還隱隱散發出一股鐵鏽般的味道。

「這是……血嗎？怎麼會？」胡紹安和連心文吃驚地對望一眼，緊接著仔細觀察李銘成的脖子，皮膚光滑，並沒有受傷；他們又伸手撥開李銘成的頭髮，在後腦找到一個傷口，血已經乾涸。

只是他們先前一心急著將李銘成放下，完全沒想過檢查他的屍體……

胡紹安又走到門前，果然在深色門板上發現了不明顯的血跡。

在那種慌亂情況下，沒留意到也很正常……

不對，等等……他的思緒忽地一頓。

是高天翔和周偉毅將李銘成的屍體放到地上，他們眞的沒發現異狀嗎？他們之中是不是有誰在掩蓋眞相？

懷疑的種子一旦種下，生根發芽後就再難拔除。

胡紹安喉頭發乾，他須要把越堆越多的紊亂思緒吐出來捋一捋。

「有人殺了李銘成，還故意斷了我們大家的訊號。那個人……會不會就在我們當中？」

連心文不安地眨著眼，「李銘成獨自離開廢屋後，我們大家是一起回民宿的，接著才又分開去找他。如果照你這麼說，那就只有這段時間能夠下手，再把他的屍體偷運回來……」

「大門鑰匙當時在我手上，想要避開大家耳目，把屍體運回來的話就只能……」

胡紹安頓了一下，和連心文異口同聲說出相同猜測。

「大家睡著的時候。」

胡紹安彷彿能想像那時的畫面。

夜深人靜，有人從房裡偷溜出來，神不知、鬼不覺地跑到民宿外，將李銘成的屍體搬進來，再布置成他坐著上吊的模樣。

李銘成並不瘦弱，想要將他搬進民宿又不驚動其他人，誰可以做到？

「周偉毅半夜沒有離開房間。這個我很肯定。」

「雖然我睡著了，但我比較淺眠，要是思嵐或羅依麗有動靜，我能察覺到。」

確定自己的室友都待在房間裡，胡紹安和連心文的視線再度撞在一塊。

如此一來，唯一有嫌疑的就只剩下……

「高天翔？」胡紹安茫然地吐出這個人名，他不想承認李銘成的死跟他有關，可又無法忽略他們之間曾起過衝突。

連心文也和胡紹安想到同一處，但考量到他們幾人彼此之間是熟識，不禁說得吞吞吐吐，「會不會高天翔其實找到李銘成了，卻又起了爭執，結果一時失控……」

「可是找人的時候，羅依麗跟高天翔同一組，她在場的話，高天翔不可能當著她的面動手吧？」胡紹安反駁。

「有沒有可能是……高天翔說服羅依麗在某處等他，他自己去竹林裡找。」連心文小小聲說道：「之前說要出去找人時，羅依麗不是不想出去嗎？」

胡紹安手腳發冷，他發現自己完全沒辦法否定這個可能性。

他想起周偉毅吃到蟲子、羅依麗被魔神仔傳聞嚇得花容失色的那一幕。

那時她跟高天翔說了什麼？

好像是……

「你怎麼一身汗？」

「我……剛閒著沒事就在湖邊慢跑。」

難道在他們打電話尋找李銘成的時候，李銘成可能正跟高天翔吵起來，或是已經遇害……

對了，手機！

胡紹安暗罵自己的大意，方才都忘了這件事。他急忙再摸上李銘成的衣服，搜尋對方身上的口袋或暗袋。

他沒找到手機，卻在李銘成的褲子口袋內摸到一只戒指。

「這是……李銘成的嗎？」看著胡紹安手上的金色戒指，連心文困惑地問。

「我不記得他有戴戒指……」在胡紹安的印象裡，李銘成的手上並沒有飾品，他將戒指舉高，仔仔細細地打量一圈。

藉著燈光映照，他注意到戒指內側刻有簡單的英文。

Zhou × Zhang

胡紹安不自覺地將拼音唸出來，反應到這是「周」跟「張」的拼音。

李銘成和羅依麗都不是這兩個姓氏，就連高天翔也不是，這怎麼看都像外人的戒指，爲什麼會跑到李銘成的口袋裡。

「周……張……」胡紹安忍不住又唸了一次，下一瞬他的腦中像有驚雷劈閃。

周偉毅和張思嵐不就是姓「周」跟「張」嗎？這是他們其中一人的戒指!?

通常只有情侶對戒或是婚戒會寫上兩人姓名縮寫……

胡紹安驚詫地瞪著戒指，感覺自己腦袋要不夠用了。

張思嵐跟周偉毅是一對？

可周偉毅之前還偷看連心文好幾次，他一直以為對方是對連心文有意思……

「連心文，妳知道周偉毅和張思嵐是一對嗎？」胡紹安想著張思嵐和連心文交好，連心文說不定知情。

「不，我沒有聽過這件事耶……」連心文看起來比胡紹安還困惑，「要是這戒指真的是他們其中一人的……但我不懂，他們和李銘成又沒衝突，而且他們半夜也不曾離開房間……」

這問題也是胡紹安百思不解的，明明剛發現一條線索，可轉眼又陷入重重謎團。

最可怕的是，他們極有可能與殺人凶手共處一室。

究竟是誰殺了李銘成？

理不出頭緒的兩人只能把今夜的發現暫時壓在心裡，互相約定今晚絕對不能睡，一定要等到警察上門。

第九章

凌晨時分，山裡的民宿格外闃靜，靜得彷彿針落可聞。

亮著小燈的房間裡只能聽見交錯的淺淺呼吸聲。

普通大小的雙人床如今擠著三名女生，床位頓時變得擁擠。

但平常總是諸多挑剔的羅依麗卻沒再嫌東嫌西，也不介意自己是睡在床鋪靠外側的位置，一個大意翻身，就會直接滾落床下。

她蜷縮著身體，背部能感受到另一人的體溫。

連心文就睡在她旁邊，再過去一點則是張思嵐。

有兩人一起陪伴，房間裡的燈也沒關，多多少少帶給了她一些安慰。

但即使如此，羅依麗還是遲遲無法入眠。

她怎麼可能睡得著？

她甚至覺得連心文她們能夠睡下去才不可思議。

民宿裡可是有人死了……

李銘成他死了耶！

一想到自己男友，羅依麗就無可避免地回想起聽見噩耗時的畏懼和絕望感。

是山裡的魔神仔作祟殺死他的……都是他亂踩石碑，還跨過倒在地上的竹子……

都是他的錯，他如果不做那些事，他就不會死了！

也不會把魔神仔引到民宿來！

羅依麗越想越害怕，縱使如今身旁有人陪伴，那懸在嗓子眼的一顆心依舊遲遲無法放下。

她不想再繼續待在這裡了。

再待下去，誰知道接下來會不會繼續發生什麼可怕的事？

羅依麗張開眼，看向黑漆漆的窗外。

青竹湖被潑墨般的夜色籠罩，遠方山峰就像屹立不動的漆黑巨人。

羅依麗想起他們來時的那條山路，印象中間隔好一大段距離才有一盞路燈。

早上看沒太大感覺，但若是晚上開在那條路上，簡直充滿壓迫感。

更不用說山路崎嶇，彎彎繞繞，一個不注意隨時可能發生意外。

從原路下山是不行的……那別條路呢？

民宿地圖上有標出其他的下山路線，要是從另一方向……也許就沒那麼危險了？

這個念頭浮冒出來，便再也難以壓抑下去。

羅依麗不想等到明天早上了，明天警察上門，又得被留著盤問東盤問西的。

她只想快點離開這個討厭的鬼地方！

羅依麗側耳傾聽了身後動靜，接著小心翼翼地翻動身子。睡在床鋪外側的好處立刻顯現出來，她藉著輕輕一滾，滑落下床。

雙腳一踩上地，羅依麗馬上回頭看向床上兩人。

連心文和張思嵐都還閉眼熟睡，誰也沒發覺她的動靜。

羅依麗鬆口氣，揹上自己的包，悄悄地往門外走，推門時也極力放輕動作。

幸好沒製造出什麼聲響。

將房間門關上，羅依麗咬著牙，快步衝回原先令她退避三舍的房間，也就是她和李銘成分配到的那間。

李銘成的車鑰匙還放在他的行李包裡，但沒找到他的錢包。

羅依麗不死心地東翻西找一會，確認真的沒有後，也不敢繼續在這間房裡久待，匆匆忙忙地回到走廊。

李銘成的錢包若沒在房間，最有可能會在……

羅依麗臉色發白，一個令她頭皮發麻的答案躍於眼前。

她扭頭望向閣樓樓梯所在位置，心裡七上八下，猶豫自己到底該不該上去看看。

一想到閣樓裡還躺著李銘成的屍體，就使她裹足不前。

可再猛然想到這次費盡心思加入試膽計畫，還特地躺進那個髒到不行的浴缸裡，羅依麗覺得不能就這樣做白工。

不管如何，她還是要拿一些報酬才行。

主意打定，羅依麗強迫自己無視內心的害怕，朝著閣樓前進。

通往閣樓的階梯很短，可看在羅依麗眼中宛如天塹。

眼看只要伸出手就能碰觸到那扇沒上鎖的門板，她閉緊眼，吸了一大口氣，狠下心地握住門把一扭。

門被打開了。

裡頭的燈泡猶然亮著，應該是胡紹安他們之前忘記關了吧。

燈光下羅依麗方便行事，但也讓她避無可避直視上李銘成死白的臉。

要不是她及時摀住嘴巴，可能就要尖叫出聲了。

這還是羅依麗第一次直面李銘成的屍體。

李銘成安安靜靜地躺在那裡，再也不會跳起來對著她大吼大叫，也不會嫌棄她空有美貌，卻沒有腦袋。

他的眼睛睜得好大，眼珠子像用力得要從眼眶裡突出來。沒有血色的臉孔令人想到冷冰冰的大理石雕像。

羅依麗慌亂地挪開目光，讓雙眼盡量不往李銘成的臉上瞟。她在他身邊蹲下，伸手就往他的口袋內摸索。

羅依麗的心臟緊張地怦怦跳，恍惚中閣樓裡好像充斥著她的心跳聲。她咬著牙，努力忽視自己現在正在碰觸屍體的事實，終於在李銘成的褲子口袋找到薄薄的皮夾。

羅依麗飛快打開檢查，裡面有幾張千元大鈔，還有三張信用卡跟一張提款卡。

羅依麗毫不猶豫地拿走整個皮夾，反正這是她男友的東西，就算他死了，給女朋友也是理所當然的吧。

東西一到手，羅依麗一秒也不想在這裡逗留，飛也似地離開閣樓，踮著腳尖一路跑至一樓。

民宿客廳的燈仍然亮著，羅依麗不假思索地打開大門，跑到停在空地的那輛黑色休旅車旁。

她按下遙控器，「嗶嗶」兩聲在深夜裡格外響亮，也使得她的心跳不禁漏跳一拍。顧不得是否有人被聲音吵醒，羅依麗用最快速度打開車門，用力關上。

她坐上駕駛座，發動車子，雙手緊緊握著方向盤。

隨著車燈大亮，像兩道熾白火炬劈開前方的黑暗，車子往另一方向開了出去。

羅依麗毫不猶豫地把所有人都拋在民宿。

但開著車逐漸遠去的她不會知道，民宿二樓的窗戶前正悄然地立著兩條人影，彷彿目送著她的離去……

凌晨三點多，窗外夜正深。

胡紹安回到床上躺著，還翻了個身，以側躺姿勢面對隔壁床的周偉毅。

適應昏暗環境後的眼睛能看見對方仍在熟睡，因睡相不好，棉被只蓋住一半身體，胸口隨著呼吸規律地一起一伏。

胡紹安打定主意整晚都要盯緊周偉毅，張思嵐那邊則交給連心文，怕不小心睡過去，兩人還特地泡了咖啡提神。

爲了預防周偉毅半夜眞有動作，自己能最快跟上去，胡紹安還把手機跟車鑰匙全塞口袋，省去到時還要拿取的時間。

不知不覺，胡紹安忍不住打了一個大大的呵欠。

有了第一個，接下來就像打開開關，胡紹安接二連三地又打了好幾個呵欠，上半夜期盼著的睡意這時才姍姍到來。

對現在的胡紹安來說，這份睡意來得太不湊巧。

他才剛喝過咖啡，爲什麼反而會……

啊靠！胡紹安忽地想起曾有人告訴他，喝完咖啡的半小時內其實是最想睡的。加上胡紹安上半夜完全沒睡，如今睡意反撲，來得更加凶猛。

他捏了自己手背一記，試著提神，但眼皮就像和他作對似地，不住地往下掉，終於蓋住了眼睛。

胡紹安感覺自己的身體似乎變得格外沉重，像吸了水的海綿，癱軟在床鋪上動彈不得。

他直覺這份睡意有些不太對勁，可眞的太累了，他放棄和疲累抵抗，整個人直直地往下墜，墜落無盡的睡眠之海。

但他又睡得極不安穩，身體不停地在床上翻動著，不時發出破碎的夢囈聲。

他不知道自己床邊站著一抹黑影，人影靜靜地俯視他翻來覆去，最末選擇悄聲離去。

胡紹安意識朦朧，恍惚中像是在海洋裡起起伏伏，可緊接著有細細的喊聲落入了這片汪洋大海。

「胡紹安、胡紹安。」

有人喊著胡紹安的名字，像是小男孩般的尖細聲音，同時還有啪噠啪噠的腳步聲在房內響起。

胡紹安眼皮顫動，底下的眼珠也快速轉著。

腳步聲變得更明顯。

啪噠啪噠。

然後是放大音量的急促喊聲在耳邊炸開。

「胡紹安、胡紹安！」

同時一股力量大力地拽扯著他的頭髮。

胡紹安猛然張開眼睛，映入眼底的是一片黑暗，他呼吸急促，心臟跳得猛烈，一下下用力撞擊著胸口。

他瞪著黑暗中的天花板幾秒，才恍然反應過來自己是在民宿的房間裡。

他是作了惡夢嗎？夢裡好像有人叫他，還扯了他的頭髮……

胡紹安心有餘悸地摸上自己的頭，頭髮被抓扯的感覺實在太過鮮明，眞實得一點也不像是在夢裡發生。

他翻了一個身，想看看周偉毅的情況，可瞧見的景象卻令他呼吸一滯。

旁邊的床鋪空了。

周偉毅不見了！

胡紹安慌慌張張地想要爬起，但動作一大，腦袋頓時傳來一陣暈眩感，就連四肢也變得沉重。

怎麼回事？胡紹安愣然地按著脹疼的額角，就算作了惡夢，也不至於讓身體出狀況吧？

而睡前他頂多就是喝了一杯咖啡，也沒聽說哪家即溶咖啡會讓人頭暈、身子變沉，除非是咖啡裡被加了什麼……

胡紹安大腦突然被空白佔據，一股寒意從腳底直竄腦門，他的手腳跟著發冷。

咖啡……咖啡是連心文泡好遞給他的！

不可能，這不可能吧，絕對是他想錯了！

如同要逃避現實，胡紹安不敢深思下去，他強迫自己先將注意力放在消失的周偉毅身上。
沒錯，他得趕緊去把對方找出來！
腦袋雖然發脹，身體也比平時更遲緩些，但還不到妨礙胡紹安行動的地步。
他套好球鞋，匆匆忙忙地往房間外跑，理智提醒著他別弄出太大動靜，誰知道周偉毅此刻正在哪邊做什麼事。
走廊上的燈沒關，每一扇房門都是緊閉的，看不出任何異狀。
胡紹安拿出手機，想要傳訊息給連心文，但懸停在半空的手指遲遲按不下去，心裡終究還是有一絲揮之不去的懷疑，甚至讓他忘了民宿內根本沒有訊號一事。
他直覺先往閣樓走去，疑心周偉毅會不會想對李銘成的屍體動什麼手腳。
閣樓的門是關著的，他輕輕推開，裡頭安安靜靜，也沒發現周偉毅的身影。
李銘成的屍體仍在原來位置，也還是被他們翻回正面的姿勢。
冷不防對上李銘成無神的眼，胡紹安像被燙到般飛快收回視線，悄悄下樓，回到二樓的走廊間。
正當他打算下去一樓看看，緊鄰閣樓樓梯旁的房裡驀然傳來說話聲。
聲音偏低，辨認不出是誰，只能知道房內有人在說話。

胡紹安心頭一跳，他記得這間房是高天翔一人獨住，那對方是在跟誰說話？

他快速上前轉動高天翔房間的門把，轉到一半就碰上阻力。

門是上鎖的。

不安的預感爬上，胡紹安也不管是否會吵醒其他人，握緊拳頭開始大力敲門。

「高天翔？喂，高天翔！」

門內模糊的說話聲驟消。

這更讓胡紹安驚覺事情有異，他急促地敲著門，門後還是沒給出丁點反應。

「高天翔！高天翔！」既然門鎖著無法打開，胡紹安情急之下用身體重重撞起門板。

民宿的房間都是木板門，不算太厚，在胡紹安忍著痛，以肩猛撞幾次後，竟真的撞開了。

胡紹安一時收勢不住，往前跌撞了幾步。

高天翔房裡亮著床頭燈，燈光不甚明亮，但加上從胡紹安身後走廊湧進的光線，足以清晰地看清房內的一切。

胡紹安抬起頭，瞳孔駭然收縮，難以置信自己看見了什麼。

房間主人的高天翔此時躺在床上，像條離水許久的魚一動也不動。

床邊圍著三道人影，有失去蹤影的周偉毅，似乎拿著黑色物體的張思嵐……那是電擊棒嗎？

以及，一名從未見過的陌生男人。

男人約莫三十來歲，膚色黝黑，手裡還拿著一顆枕頭。

胡紹安思緒停擺，身體僵直在原地，大腦內警報聲瘋狂響動，每一聲都催促著他快逃。然而雙腿就像灌了水泥，直挺挺地立在地面，抬都抬不起來。

周偉毅、張思嵐和陌生男人面無表情地看著胡紹安，臉上有若戴了一張冰冷的面具。

尤其是張思嵐，她總是爽朗大方，可這一刻如同換了一個人。

胡紹安驚恐地看著三人，像看著三個怪物。

「胡紹安？」

就在這時，他的身後響起了驚慌的喊聲。

連心文的呼喚像是解除胡紹安定身的魔法，他忽然重新尋回行動的力氣。他扭頭看見連心文推開房門走出，臉上還透著無措與迷惑，渾然不知發生了什麼事。

「快逃！」乍然見到連心文，胡紹安什麼也不能思考，他一個箭步直奔對方，抓住她的手就想往樓下跑。

「胡紹安，發生什麼事了？胡紹安，你先等一下！」連心文急忙反拉住人，「到底發生什麼事了？對了，張思嵐她不見了，我不小心睡著了……然後就沒看到她！」

「張思嵐她在……」胡紹安的目光越過連心文，看見人影從高天翔房裡走出，「他們出來了，快逃！」

連心文被突如其來一拉，像失去了重心，整個人朝胡紹安撲跌過去。

胡紹安反射性摟住連心文，緊接著一陣錐心刺骨的劇痛自他腰間炸開。

痛感來得太迅猛，以至於胡紹安的腦袋剎那間只剩空白，全然不能思考。

他憑著本能地低下頭，眼中倒映出連心文退開他的懷抱，一手還握著一把覆滿紅色的小刀。

胡紹安反應遲鈍地眨下眼，數秒後才反應過來那是血。

但是，是誰的血？

胡紹安的視線從連心文手上的刀移至自己的腰，手掌跟著摸上那處，沾滿一手的紅血，眼中也映滿血腥。

啊，那是自己的血。

隨著認知到這個事實，疼痛也抽走了胡紹安的氣力。他白了臉，踉踉蹌蹌地往後幾步，撞到身後牆壁，整個人頓時像失去支撐，靠著牆跌坐在地。

「妳……妳……」胡紹安緊按腰上的傷口，溫熱的鮮血正汩汩地往外流，將他的手掌染得更紅。

他茫然又恐懼地看著張思嵐幾人走近連心文，站在她後方。

連心文前一刻展露的慌亂完全隱沒，秀美的臉孔這一瞬沒了表情，與身後三人同樣冰冷陰森。

胡紹安從被痛楚壓榨的大腦中勉強擠出一絲清明。

他們四個人……是一夥的！

就如同驗證胡紹安的想法，連心文側頭看了一眼身後，對他們點點頭，彷彿在和他們做著某種確認。

連心文又看向臉色慘白的胡紹安，握著小刀一步步朝他走近。

不疾不緩的步伐，像在為逃脫不了的獵物施加壓力。

胡紹安冷汗直冒，血液的流失讓他身體發冷，眼前短暫發黑，他不敢鬆放對傷口的壓制力道，就怕鮮血湧冒得更厲害。

他看著連心文和自己的距離縮短，眼角覷著樓梯口的位置，不知道自己能不能及時撐起身體跑到那邊去。

但胡紹安更清楚，不管能不能，倘若再不自救，恐怕就要和高天翔同樣下場了。

他不曉得羅依麗現在怎樣了，也許已慘遭不測……這麼大的動靜她不可能不出來確認。

眼看自己離死亡的威脅越來越近，胡紹安強忍腰間的疼痛，正想連滾帶爬地逃向樓梯口的瞬間——

民宿內所有燈光暗下，伸手不見五指的漆黑眨眼襲來。

「怎麼回事？停電了？」

「還是跳電了？」

「快去拿手機！」

顯然這個意外不在連心文幾人意料中，黑暗裡能聽到他們緊繃的叫喊此起彼落。

與此同時，還有一道分不出男女的聲音落在胡紹安耳邊，幽闇中有隻手拉起了他的手。

「往這邊。」

民宿裡爲什麼多出了一個人？而且還是小孩子。

胡紹安寒毛排排豎起，身子更像觸電般一顫。他反射性想抽回手，可握住他的手指像是冰涼的鐵箝，強硬地拉著他往前走。

除了自己以外的輕巧腳步聲出現在身邊。

「往這邊，小心樓梯。」那個細細的小男生聲音又說。

疼痛驚懼交織，讓胡紹安無暇思考更多，只能依憑著聲音和那隻手的指示，被半拉半扯地帶離二樓。

樓上還能聽見連心文幾人驚愕的喊聲，似乎連手機也出了問題。

胡紹安被帶著一路跑到一樓，中間趔趄了幾步，好在沒踩空跌落。

一樓同樣一室幽深，胡紹安被拉著繼續向前跑。他聽見大門被打開的聲響，隨即而來的是頭頂上的燈管倏地閃爍幾下。

明亮的光芒下一秒全數恢復。

民宿再次燈光大亮。

胡紹安身前一個人也沒有，可手指依舊傳來被握住的感覺。

下一剎那，他感覺抓著自己的那隻手鬆開了，啪噠啪噠奔跑的腳步聲離他遠去。

身前仍然沒有見到任何人。

胡紹安生起一瞬恍惚，又因爲樓上急切的騷動而回過神。

「燈亮了！」

「胡紹安不見了！快找到他！」

「小嵐！快追！不能讓他跑了！」

連心文他們發現自己消失，很快就會追下來的。

胡紹安按著腰間，迫切地往停車空地跑。疼痛如野獸的獠牙撕扯他的神經，他扭曲著臉，一步也不敢停下。

但空地上只剩一輛車。

李銘成的休旅車不見了！

胡紹安沒有多餘力氣思考是誰開走李銘成的車，唯一的想法就是用最快速度打開自己車子的車門，發動車子離開這個惡夢般的地方。

他來到車門前，大力拉動車門把手，當發現門打不開時，才霍然意會過來車門是上鎖的。

民宿門口跑出了幾條人影，眼看就要逼靠過來。

胡紹安掌心生汗，失血讓他感覺自己頭重腳輕，豆大的冷汗從他臉龐淌落。他慌張焦慮地想掏出車鑰匙，然而摸遍所有口袋卻什麼也找不到。

車窗倒映出胡紹安狼狽慘白的臉，他不明白自己的鑰匙到哪去了，他明明上床前就放到口袋。

「在找這個嗎？」悅耳的女聲飄來，一陣叮鈴聲音緊接響起。

胡紹安煞白著臉回過頭，連心文在離他幾步遠的位置站定，手中拎晃著他的車鑰匙串。

周偉毅、張思嵐和陌生男人則站在她的身後。

「為什麼我的鑰匙會在……」胡紹安滴落更多冷汗，鼻間能聞到刺鼻的血腥味，話說到一半，自己先得出了答案。

連心文撲至他的懷抱後，不單是捅了他一刀，還趁亂摸走他的車鑰匙。

胡紹安抵著車門，竭力不讓自己滑坐下去。他手向後伸，像在穩住自己的身體，實際是摸著口袋裡的手機。

「我不懂……」胡紹安喘著氣，望向連心文他們的眼神滿是絕望與不解，「你們爲什麼要做出這種事？爲什麼要殺了高天翔？李銘成也是你們殺的吧……羅依麗呢？她難道也已經被你們……」

「她跑了。」張思嵐上前一步，眉眼一片漠然，再也不若胡紹安印象中的爽俐，「自己一個人開著車跑了，在你喝下咖啡睡著後。」

「她開車？怎麼可能？」胡紹安回頭望了一眼像是被黑夜吞噬的山路，不敢置信地失聲喊道：「她瘋了，怎麼敢在這時候……她不是打消這個主意了嗎？」

「讓她以爲有其他路能安全下山就好了。」張思嵐嗤笑一聲。

「好了，小嵐，不用跟他廢話。」陌生男人冷聲說道。

「反正他都要完蛋了，讓他知道也無所謂吧。」連心文笑咪咪地說，視線移向胡紹安。

「我們拿了民宿提供的地圖，假裝不經意地發現到不走原路也能下山。而且相較於畫得曲折的原路，另一條被畫得很平緩。人在緊張焦慮的時候往往會失去判斷力，自己的男友無故陳屍在閣樓，還有浴室的奇怪敲門聲，都讓她相信是鬧鬼了。」

「加上我們睡前故意討論魔神仔會不會再出現，讓她怕得不行。所以知道有路能安全下山，她果然趁我們假裝睡著後偷偷爬起來，開著李銘成的車子離開了。當然，安不安全可就不好說了，希望她開車技術好，速度也別太快呢。」

連心文的笑容一如往常柔和，可看在胡紹安眼裡只令他寒毛直豎，藏在身後的手加快了點按手機的速度。

報警！他必須報警才行！

他是憑著記憶找到110視訊報案APP的位置，在無法目視的狀況下，只能拚命點按螢幕各處，他相信總會有辦法順利連線的。

而在這之前，他得設法拖延時間……這樣連線成功後，警方那邊才能得知發生什麼事，並依照定位搜尋到他的位置。

說點什麼，他必須說點什麼引起這幾個人的注意力！

胡紹安吞吞口水，目光掃過不知不覺將他包圍在中間的幾個人後，定格在周偉毅身上。

「試膽地點是你提的，會挑中青竹湖的這間民宿，也是你們早就計畫好的吧……根本不是爲了要嚇李銘成，而是爲了方便對我們幾人動手。你們對這間民宿很熟，不然也不會選中這邊。」

胡紹安拚命思考，當視線瞥見張思嵐帶著冷漠的臉龐時，方才陌生男人喚的「小嵐」這個暱稱觸發了記憶，之前忽略的細節這一刻忽然變得清晰。

他震驚地張大眼，終於恍然大悟。

「是了，你們一定是認識的……老闆娘跟我說張思嵐妳對蒜過敏時，她直接喊妳小嵐。現在想想，老闆娘會對一個普通客人這樣親暱地喊嗎？還有高天翔在聽見妳過敏時，他安慰妳不要在意，說吃出問題就不好，幸好老闆娘有細心準備。」

胡紹安重重地喘一口氣，後悔自己當時沒細思那些對話裡透出的異樣。

「我以爲張思嵐對蒜過敏這件事，是高天翔跟老闆他們說的，畢竟聯絡是由他負責，然後張思嵐妳可能私下跟他提過。可是這樣一來，他就不會這麼說了……會知道妳過敏的事，彼此關係要很親近。老闆跟妳同姓，他們是妳的家人，是妳的父母吧？老闆曾說過晚上要跟女婿吃飯……」

胡紹安看向場中他唯一不認識的男人，賭上一把說道：「是你吧，你就是張思嵐的姊夫。」

見張思嵐和男人神情微動，胡紹安鬆了一口氣，沒想到自己眞的猜對方向了，繼續一鼓作氣地說下去。

「否則你們也不會無端找一間陌生的民宿做出那麼多事，只有在熟人、親人的地盤上，才方便你們行動。」

胡紹安鬆開緊按傷口的手，用鮮血淋漓的手指探進口袋，取出一枚金色戒指。

這瞬間，他能感受到所有人的視線不約而同地集中在戒指上面。

「我在李銘成口袋裡發現這個，戒指內側刻著周跟張的縮寫。周偉毅姓周，張思嵐姓張，這戒指是你們其中一人的吧？你們攻擊了李銘成，我猜是過程中不小心掉落戒指，又剛好碰巧掉進李銘成的口袋裡。你們偷偷把他的屍體搬到閣樓裡，搭配竹篙鬼跟石碑的事，讓我們其他人以為眞的有……魔神仔作祟。」

提及「魔神仔」三字，胡紹安不由得有幾分遲疑，他想起不久前在黑暗裡帶著他逃離民宿的那隻手，說話聲，以及多次響起的跑步聲。

那個……怎麼想都不可能是人類吧。

最開始，也是它故意製造聲響，讓自己前往閣樓發現李銘成屍體的嗎？

將這份迷茫暫且壓下，胡紹安提出另一個推測。

「羅依麗在浴室聽到的敲門聲，其實也是你們弄出來的對不對？老闆他們是你們的親人，你們有其他房間的鑰匙很正常。」

「只要趁她洗澡的時候偷偷進去敲門，再快速出去就行。浴室和房門離得很近，才能在短時間內完成這個嚇人手法。那時我跟連心文還沒回來，周偉毅坐在一樓大門吃東西，因此最可能做這件事的是張思嵐妳吧。妳把羅依麗嚇到後，再跑到樓梯間，假裝自己正要上樓。」

「是我。」張思嵐也不否認，爽快地坦承，「這部分你說的沒錯，我確實是這樣把羅依麗嚇住的。我們本來就打算裝神弄鬼一下，弄出些假的靈異事件讓你們自己先人心惶惶。然後李銘成給了我們一個新的靈感。」

「這一切多虧他今天下午去竹林廢屋的路上踩了那塊石碑。那石碑很久以前就在了，也許是紀念山靈，也許是紀念其他東西，連我們也不清楚。但那不重要，重要的是它可以成爲我們計畫的一環，讓你們更加疑神疑鬼，不會懷疑到人身上。」

「浴室敲門是人爲的，那吃到蟲子……」胡紹安舔舔發乾的嘴唇，啞聲說出一個猜想，「碗裡雖然裝滿了葉子跟蟲子，但張思嵐妳跟羅依麗那時候說了，周偉毅是背對妳們吃東西……他實際上吃進嘴巴裡的東西，估計不是眞的蟲吧，只要假裝自己有吃就行了。」

「這部分你也說對了。」周偉毅點點頭，「需要給你掌聲嗎？」

胡紹安慘白一笑，「不需要……但有一件事我想不透。竹子的機關，當時我們一起行動，你們是怎麼控制那根竹子的機關？難道是老闆和老闆娘做的嗎？」

「我們可沒弄什麼竹子。」張思嵐皺起眉頭，「那恐怕是高天翔和李銘成瞎掰出來的吧。」

不，高天翔跟李銘成沒必要瞎掰這種事……排除掉所有可能性，即使再不可能，也許就是唯一的答案……

眞的是魔神仔作祟!?但是後來魔神仔又爲什麼要幫自己？

渾然不知胡紹安內心的波動，連心文扳著手指數，體貼地爲他做出統計，「浴室敲門、李銘成被移到閣樓裡，還有假裝吃到蟲……這三件是我們做的。對了，還有咖啡裡的助眠劑。」

「果然是妳對我的咖啡動手腳！」胡紹安以爲自己怒吼出聲了，但發出的音量卻相當微弱，「手機在民宿裡忽然失去訊號，也是你們……所以妳根本沒報案對不對？」

「猜對了。」連心文唇角微彎，「聽到你說要打緊急救難電話時，我差點嚇出一身冷汗呢。幸好你記不齊號碼，我才可以假裝已經報警了。」

這也是胡紹安會先入爲主地將連心文從嫌疑人中排除的最大原因。

凶手怎麼可能主動報案呢？

「不只在民宿裡失去訊號，事實上……」連心文驀然走向胡紹安右側，出其不意地將他隱藏在背後的手機一把搶過。

大量失血讓胡紹安的反應慢了好幾拍，只能眼睜睜看著手機落入連心文手中。

「民宿外現在也收不到訊號。」張思嵐把連心文的話接下去說，亮出了一個黑色的儀器，「看，我把這帶出來了。」

縱使是第一次見到那儀器，胡紹安馬上就猜出那是訊號干擾器，他的嘴唇顫抖，臉色變得更白。

假如訊號干擾器被帶出來了，那他剛剛……剛剛試圖做的一切……

「我看看，好可惜。」連心文故作惋惜地將手機螢幕轉向胡紹安，「手機還是沒訊號呢。」

「所以……一切都像我說的一樣？」胡紹安眼前一陣暈眩，他必須緊靠著車門，才能讓自己努力站穩。

「有幾個地方說錯了。」先前保持沉默的男人忽地開口，「李銘成的死，是你們自己人造成的。」

「什……」這驚天消息讓胡紹安一時啞然，他甚至懷疑是不是失血過多聽錯了。

李銘成的死，怎麼可能是他們自己人……

而且自己人，指的不就是他、高天翔跟羅依麗嗎？

在胡紹安震驚的注視下，男人——周亮宇緩緩地說起事情始末。

第十章

那是李銘成獨自跑走，不見人影後發生的事。

當時一夥人還以爲李銘成是鬧脾氣，才遲遲不肯露面，晚點自然就會回來。

除了胡紹安和連心文忍不住回頭去找之外，其他人都各自去做自己的事。

在收到「那三人」來到青竹湖的消息後，周亮宇便迫不及待地上山。他之前也在這裡生活多年，自是熟悉此處環境。

周亮宇是民宿老闆的女婿，爲了這一天的到來，不曉得已經等多久了。

他知道自己不能冒進，而且還有連心文他們幫忙盯緊那三人，因此他強迫自己忍耐，把車停在不會被人發覺的隱蔽處，在車上等待合適的時機。

他接到了連心文打來的電話，告訴他李銘成一個人先跑了，很可能會先回民宿。

他從車上下來，找到一個角落藏身，但沒等到李銘成，反而先等到其他人。

之後連心文又發來訊息，她與胡紹安會再進去竹林，高天翔跑去青竹湖邊了，要他幫忙盯住對方的動向。

高天翔起初的確是在湖邊欣賞星空，渾然不知有人正躲在暗處監看他。

沒了光害的山林裡，夜幕上的星星無比明亮，宛如碎鑽灑落其上，令人情不自禁地仰頭直望許久。

在原地看了好一會，高天翔像是看得脖子痠了，他揉揉後頸，打算席地而坐，享受湖畔寧靜悠閒的氛圍。

只是他剛彎曲膝蓋，身體又猛然立直，他大喊了一聲，「李銘成！」

話聲還未落下，高天翔已拔腿朝著某個方向跑出。

鬧失蹤的李銘成就在那裡。

冷不防聽到高天翔的大喊，李銘成表情明顯一愣，隨後轉身就想跑走。

只是李銘成的體力比不上高天翔，後者的步子邁得又大又快，不消一會兒便成功追上李銘成，攔住了他的去路。

周亮宇小心翼翼地跟著移動，在沒人察覺之下，來到能夠聽見他們對話的位置。

「李銘成，你氣也氣夠了吧？忽然跑得不見人影，不知道大家會擔心你嗎？」

「幹！你是不是就想我出意外，這樣就能跟羅依麗在一起！」

「你可以不要再胡說八道了嗎？我跟羅依麗之間沒什麼。」

「那些眉來眼去也叫沒什麼，是不是睡到床上了也叫沒什麼！」

「夠了，你嘴巴放乾淨一點，再胡扯下去我也會翻臉的！」

「腦羞了吼！我就知道你們兩個果然有一腿！」

爭執很快就演變成推搡。

你來我往間，高天翔一個不小心太大力，把李銘成推倒在地。

李銘成再也沒爬起來。

「喂，李銘成？李銘成？」高天翔起初沒在意，喊了幾聲，遲遲沒等到李銘成的回應，他臉色瞬變，意識到事情不對勁。

高天翔連忙蹲下身，推晃了幾下李銘成，接著他忽然驚叫一聲，向後跌坐，手上沾到了血。

高天翔驚恐地看著手掌上的鮮血，又忙不迭將李銘成的身體翻過來，他戰戰兢兢地再摸向對方的後腦勺，又是摸到了一掌鮮紅。

這下子，高天翔再怎麼遲鈍也反應過來發生了什麼事。

他剛剛失手那一推，害得李銘成撞到頭了！

眼看血流得越來越多，李銘成又沒了動靜，高天翔當下慌得六神無主，竟是將人丟在這不管，慌慌張張地拔腿就跑。

周亮宇看高天翔朝民宿方向跑去，也沒再追上，而是從藏身處走出來。

他走近李銘成身邊，蹲下身子，把人翻過來，想確認對方的呼吸心跳。

不料人才剛翻過身，就見到一雙大睜、布滿血絲的眼。

李銘成仍有意識。

也或許是中途恢復了意識，他像見到浮木般猛然撐起身子，伸手抓向周亮宇。

「救……救我……」李銘成無意中扯住周亮宇的項鍊。

他不曉得自己抓住了什麼，只知不能放手，但過大的手勁反倒把項鍊一把扯斷。

隨著項鍊滑脫，沒了支撐的李銘成頓時往後一倒，腦袋再次磕地。

偏偏還磕上了另一顆突起的石塊。

周亮宇沒管李銘成突然間怎麼又沒了聲音，他在李銘成掌心看見被扯下的那條項鍊，但本該繫在上頭的戒指卻不知滾落到哪了。

他拿回項鍊，焦急地在附近草地摸索，想要找出戒指的下落，卻遍尋不著。

等到他再回過頭，發現李銘成已經沒了氣息。

那名男大生是真的死了。

周亮宇沒想到目標之一會這麼輕易死去，他們甚至還沒動手。錯愕過後，他迅速冷靜下來，反正這只是省了他們一道工夫。

他快速地將這裡發生的事簡短地傳到群組裡，告知連心文、張思嵐和周偉毅。

他們當下調整計畫，待其他人分頭再去竹林裡尋找李銘成時，周偉毅和張思嵐趁機折返民宿，和周亮宇會合。

兩人一同將李銘成的屍體搬到閣樓裡，營造出魔神仔作祟的假象，張思嵐則負責留意外頭動靜。

接下來，就等著有人發現李銘成的屍體了。

「原本……」連心文緩緩地接下周亮宇的話，「是由我去發現李銘成，但沒想到胡紹安你先起來了。」

「我那是聽到上面有聲音……」胡紹安木然地說，「有人……跑來跑去，啪噠啪噠地跑來跑去。」

「拜託，現在換你也要裝神弄鬼了嗎？」張思嵐嗤之以鼻，一點也不相信胡紹安的說詞。

胡紹安沒有試圖解釋自己碰到的不可思議現象，他整個人還是懵的，作夢也沒想到李銘成的死亡眞相居然會是如此。

高天翔失手推了李銘成，又把他扔在那裡不管。他本來可能有活命機會的，結果卻意外再度撞到後腦，失去性命。

胡紹安慢慢吸著氣，回想起在小閣樓裡發現李銘成的場景。

所以，高天翔才會不停說他怎麼會死在這裡……

他當時以為高天翔是因為朋友的死大受打擊，無法接受現實。現在結合周亮宇的說法，才知道那句質疑的背後是什麼含意。

高天翔認為自己殺了李銘成，把人拋在青竹湖不顧，結果屍體居然出現在閣樓。

難怪他後來一直心神不寧，那根本不是為同學的死而震驚難受，而是恐懼著是不是真有魔神仔作祟，將李銘成的屍體平空搬到了閣樓內。

還有自己在李銘成口袋找到的戒指……胡紹安的手指不自覺鬆開，看著那枚金色戒指滾落在地。

周亮宇一個箭步衝上來，飛也似地拾起那枚戒指，愼重地握在掌心。

「原來戒指是你的啊……」胡紹安眨了下眼，眼前好似出現一瞬疊影，「那上面的姓氏究竟又是怎麼回事？」

也許是知道自己估計難逃一劫，他現在只希望能從他們口中得知眞相，好給自己一個痛快。

周亮宇將戒指好好收起，「……那是我跟我太太。」

「你跟你太太？」胡紹安混沌的腦子裡像驟然冒出一絲亮光，他扭頭看向周偉毅和張思嵐。

他們兩人正好一個姓周，一個姓張。

張思嵐解答了胡紹安的疑惑，指著周亮宇說，「他的妻子是我的姊姊。」

「周亮宇是我大哥。」周偉毅的回答更簡潔。

困擾胡紹安的戒指之謎就此解開，但隨之而來的是新的謎團。

「連心文，妳又是……」憶起周偉毅曾多次偷看連心文，胡紹安試著往這方向猜測，「妳是周偉毅的……女朋友嗎？」

「你怎麼會這麼想？」連心文的語氣像是嘲笑，但眼裡沒半點笑意，「他是我二哥。」

「二哥……」胡紹安逐漸變得遲鈍的大腦仍憑靠著一絲力氣頑強地運轉，他望著連心文好一會，才緩慢移轉向周偉毅和周亮宇，「那他是妳大哥？但你們姓氏……」

「我們的父母離婚了，我跟母姓。」連心文冷淡地說。

這下胡紹安還有什麼想不明白的，這一群人……竟然真的是一家人。

他們聯手謀劃，就是爲了要殺害他們幾人。

「可是我不懂……」胡紹安全身發冷，手指末梢像失了溫度，意志也搖搖欲墜。他終於放棄再站著，任憑身體像軟綿綿的麵條往下滑。

不用站著之後，他甚至忽然感到輕鬆多了，連頭也不想再抬高，反正這群人不可能會跑的。

他們都還等著看他死啊。

胡紹安喉頭發癢，彷如有羽毛掉進喉嚨，輕輕地刮搔著，忍不住嗆咳起來，咳得撕心裂肺，也扯痛腰間的傷口。

血液好像因爲這霍然施力而又快速地向外溢出，染紅身側地面。

「我不懂……」胡紹安嗓子變得更啞，「你們到底爲什麼想要殺我們？你們是隨意挑目標的殺人魔嗎？在網路上隨機選中我們，和我們拉近關係，然後順理成章安排這一次的旅行……」

沒人回答胡紹安的問題，他本來也不想抬頭多看那些人一眼的。但他忽然聽到車輛呼嘯而過的聲音，接二連三，猶如不止息的浪潮，他驚詫地仰起脖子。

周亮宇拿著一支手機播放影片，手機近得直逼胡紹安面前。

畫面裡有人在說話。

「你們兩個準備好了沒？別上場就腿軟嘿！」那是高天翔。

「拜託，你以為我是誰？」這是他自己。

錯愕和迷茫覆上胡紹安無血色的臉，他傻傻地看著那段再熟悉不過的影片，不明白周亮宇無故播放這個是要幹嘛。

畫面如他記憶中的繼續運轉，他們在斑馬線跳舞，想要轉彎過來的車輛被擋住，不滿的喇叭聲此起彼落響起。

他們充耳不聞，任憑車輛回堵，像條打結的河流。

被堵在路口的第一輛汽車駕駛放棄按喇叭抗議了，第二輛紅色小轎車駕駛降下車窗，探頭對著他們破口大罵，怒吼聲被音樂和喇叭聲蓋過，無法聽清他在怒吼什麼。

胡紹安的瞳孔卻在這一刻遽然收縮，他咬牙使勁地抬起手，戳按影片的暫停鍵，讓畫面定格在紅色小轎車駕駛的臉。

那是……周亮宇的臉！

手機影片畫質很高，即便隔了一段距離，還是清晰地把駕駛人的面孔拍攝進來。

膚色黝深的男人被憤怒支配，對著鏡頭的方向大聲怒罵，定格時正好拍到他張著嘴、五官猙獰的模樣。

胡紹安挪開視線，看向畫面外的周亮宇。

「就……就爲了這個？」胡紹安花了點時間才像找到自己的聲音，「因爲我們在斑馬線上跳舞，讓你沒辦法過……就因爲這樣，你們一家人要殺了我們？」

胡紹安說到後來尾音拔得尖高，只覺荒謬無比，本來萎靡的情緒也像被重新點燃火苗，燒成熊熊烈焰。

「就因爲這樣？你們腦子有病嗎？你們到底在想什麼！」

胡紹安怨恨的大吼在黑夜下響徹雲霄，換來的卻是周亮宇的一聲冷笑。

「你覺得委屈嗎？你憑什麼覺得委屈？」周亮宇臉上肌肉抽搐了下，下一秒他雙眼瞠大，眉毛揚高，臉部表情化成駭人的猙獰，就和影片裡的那張臉一模一樣，「你知不知道就因爲這樣……害死了我老婆和女兒！」

周亮宇的咆哮有若驚雷狠狠砸在胡紹安耳邊，他張大嘴，呼吸心跳瞬間好似要跟著停止。

「什麼……什麼……」胡紹安似乎又失去說話能力，只能斷續吐出這幾個字。

他不解地逐一望過面前的幾張臉，冀望能從他們那邊得到一些線索。

連心文等三人就算不若周亮宇反應激動，可他們的眼裡都燃著一簇火，一簇巴不得能燒死胡紹安的毒火。

那眼神，含帶著深沉又冰冷的仇恨。

胡紹安的胸口像被扎了一刀，他的呼吸變得急促幾分，無力地連連搖著頭。

他不懂，他們三人只不過就是霸佔了路口幾分鐘，也許再更久一點點……但只是這樣怎麼可能會害死人……

「你胡說……」胡紹安的意識開始有些渙散，他勉強集中注意力，想要證明周亮宇所說的都是污衊，「我們才沒有，我們只是跳舞……」

「就是因爲你們該死地在那跳舞！」周亮宇咬牙切齒，每一字每一句都裹帶著鋒銳的恨意。

如果這些恨能化成實體的刀刃，現在一定已把胡紹安割得遍體鱗傷，血流如注。

周亮宇將手機扔在地上，突起的碎石正好撞上播放鍵。

在影片的音樂聲中，他一把抓住胡紹安的衣領，將他滿腔的仇恨都宣洩出來。

「就因爲你們擋在路口！你們害我不能及時趕回去救我老婆！也害得我女兒墜

樓——」

兩年多過去了，周亮宇還是忘不了那一天。

他在路上接到女兒打來的電話。

他把車停在路邊，以爲女兒打來是想說些奇思妙想，小小的孩子總是隨時有神奇的發現，並且恨不得立刻分享給周圍的人知道。

但傳入耳中的不是歡快的咯咯笑聲，而是驚慌失措的哭聲。

才四歲的小女孩像被嚇壞了，在電話裡哭哭啼啼，不斷地重複著媽媽跌倒了，在流血。

周亮宇那瞬間的血液都像被凍結。

他的妻子正懷著七個多月的身孕。

周亮宇腦袋亂糟糟的，恐慌讓他握著手機的手指都在顫抖，可是女兒哭泣的聲音讓他極力抓住一絲理智的尾巴。

「囡囡乖……」他喉頭發乾地喊著女兒的小名，「爸爸馬上就趕回去，妳……妳去找隔壁的阿姨，請她過來幫忙，爸爸馬上就回去了。」

聽到女兒抽抽噎噎地應好，周亮宇掛掉電話，火速地撥打１１９，將自己家的住址和妻子目前的狀況告訴救護人員。

對方允諾會趕緊趕到現場救援。

周亮宇呆坐在車上一會，隨後用力拍上自己的臉頰，疼痛讓他清醒過來。

要趕快回去，要快點回去！周亮宇此刻只有這個念頭，他重新開回車道上，車速不自覺加快，只想在最短時間內趕回妻女身邊。

爲此他還闖了幾個紅燈，眼看再幾個路口就能到家外巷子，周亮宇心頭越發焦慮。不知道妻子的狀況如何了？女兒找到鄰居求助了嗎？救護車到了沒有？

周亮宇感覺自己像被切割成兩半，一邊心神不寧、焦慮萬分，一邊則拚命保持冷靜，避免在開車途中發生任何意外。

周亮宇緊緊握著方向盤，雙眼灼灼地盯著前方的車輛和紅綠燈。

再一下下，再幾秒鐘……他就能穿過這個路口！

左轉號誌亮起，周亮宇迫不及待地跟著前方車輛向前，可才到路口中央，前頭的車子又停住了。

透過擋風玻璃，周亮宇可以看見有兩名像大學生的男生竟然在斑馬線上大秀舞技，還有一人在旁邊舉著手機拍攝。

這三個傢伙在發什麼瘋？周亮宇瞠目結舌地看著這一幕，震驚過後，他立刻猛按喇叭，要他們快點閃開。

那三人堵在路口，他前面的車子不動，他也就被困在車陣裡動彈不得。察覺到前方突然塞住，後方的車子也大感不滿地按起喇叭。

然而那三個年輕人仍是無動於衷，持續霸佔斑馬線不肯離去。

周亮宇急得要瘋了，他接連按著喇叭，又搖下車窗，探頭出去對著前方的三個人大聲咆哮。

「快滾開！我老婆有危險！我要趕回家！你們他媽的快滾開啊——」

周亮宇喊得聲嘶力竭，雙眼布滿血絲。

可他的聲音卻被淹沒在震耳欲聾的喇叭聲海裡，根本無法傳遞到最前端。

另一邊的馬路綠燈了，靜止的車輛向前移動，卻又因爲卡在路口處的那排車子而難以前進。

交通頓時陷入大打結，四面八方都有抗議的喇叭聲響起。

似乎怕場面鬧得太大無法收拾，佔據斑馬線的三人終於結束這場鬧劇，一溜煙地跑走了。

周亮宇無暇去管跑走的三人，前面車子一動，他也趕緊踩下油門，抓緊時間趕回家中。

剛開進巷口，周亮宇就看到前面停著救護車和警車，還有一票鄰居圍在旁。

周亮宇心裡不安，那應該是他叫來的救護車，但警車又是怎麼回事？爲什麼連警車都來了？

周亮宇匆匆打開車門，往人群方向直奔。

有人發現他回來了，「是周先生，周先生回來了！」

「亮宇啊，你做好心理準備……」比較熟稔的鄰居一臉不忍，眼眶泛紅。

還有幾人摀著臉哭泣。

周亮宇看見一人還是住他們對門的楊太太，心中不安愈重。不待他跑向她追問目前狀況，擋在他前面的人也往旁散開了。

公寓大樓門前附近的空地上，蓋著一層白布，白布下滲染出不祥的暗紅，還能看出底下是屬於孩童瘦小的輪廓。

兩名警察就站在封鎖線旁，一邊問著公寓的住戶，一邊做記錄。

周亮宇看不見白布下那人的臉，可雙腳不知爲何就是被釘在原地，無法動彈。

不知道是誰又喊了一聲，「是囡囡的爸爸！」

警察立即抬頭往周亮宇的方向看，一人大步走了過來。

周亮宇茫然地站著，他看見女警的神色有著遺憾，嘴巴一張一合，他的耳朵旁卻像被覆上一層薄膜，只能零碎地捕捉到幾個單字。

出不去……陽台……墜樓……

所以，是誰墜樓？

周亮宇思緒全數停擺，身後又有一人靠過來，喊著他的名字，他木然地回過頭，看見是名救護人員。

對方的嘴巴也張張合合，他努力傾聽了一會，勉強拼湊出幾個字。

你的太太……大失血……呼吸停止……

周亮宇依舊站著不動，下一瞬，他眼前一陣天旋地轉，視野霎時全數轉黑。

他直挺挺地向前栽了下去。

聽著周亮宇雙眼通紅地控訴，說到後來聲音破碎、泣不成聲，胡紹安全身如墜冰窖，似乎連心跳都要跟著一併停止。

不可能、不可能，他們明明就只是跳個舞……

他們根本不知道會發生這種事！

他們……就只是想跳個舞，吸引一下網路上的關注而已啊！

周偉毅和連心文走上前來，一左一右地把手搭在周亮宇的肩上，像給予他無聲的安慰。

「我不知道會這樣……」胡紹安惶恐地垂下目光，害怕再與任何一人的雙眼對上，「我真的不知道，我們沒有惡意……我們就只是……」

他真的沒有惡意，他們三人真的不曉得只不過是幾分鐘的耽擱，會造成周亮宇一家天人永隔。

如果那時候……

如果那時候音樂沒那麼大聲，車輛的喇叭也沒那麼猛烈的話，他們或許就能聽到周亮宇的嘶吼了。

只要可以聽到，他們一定會馬上停下來。

真的……他們絕對會馬上停下來讓開的啊！

張思嵐也走過來，踩過被扔在地面的手機，鞋跟重重碾上螢幕，裂紋如蛛網朝周圍迸開，也裂在高天翔的臉上。

「你知道你們的『沒有惡意』、『就只是好玩』，造成了什麼結果嗎？」

張思嵐聲調平板，猶如風雨欲來前夕。

「你們害得我姊夫來不及趕回家。要是照他原本的速度，他還能比救護車快一步趕到。醫生說了，當時只要及時送醫，我姊姊還能救回來，她肚子的小孩也有很大機率保住，可是你們堵住了他的路。還有囡囡，我的外甥女，她才四歲……你知道她爲什麼會墜樓嗎？」

胡紹安驚惶失措地搖著頭，現在落進他耳中的每一句質問，都有若淩遲。

他抬起手臂，想要把自己的耳朵用力摀住，似乎這樣做就能逃避自己當年犯下的錯事。

可張思嵐卻猛地拽下他的手，冷冷說道：「給我聽，你得知道自己做了什麼混帳事。」

胡紹安哆嗦了下，他想閉上眼睛，然而一閉起，腦海裡好似就會自動描繪出張思嵐他們口中述說的場景。

恍恍惚惚中，他彷彿看到一個年幼的小女孩在眼前出現。

她還很小，會天眞地對著父母撒嬌，會把姑姑、叔叔和阿姨逗得哈哈笑。

「囡囡她想要找鄰居阿姨救我姊姊，可是她太小，大門上了防盜鎖，她打不開。所以她跑到陽台，想要爬到隔壁的陽台上。」

「別說了、別說了……」胡紹安激動地喊，可實際上他只能吐出氣若游絲的悲鳴。他打著哆嗦，身子瑟縮成一團，痛苦與愧疚交融，像寒冰刮著他的四肢百骸。

幻影裡的小女孩開始哭泣，爲了救倒下來的母親想要跑去打開大門。可大門打不開，於是她想到可以從陽台出去，那裡和鄰居家很近，她一定有辦法爬過去。

可是小女孩不會知道，憑她稚幼的雙手和雙腳根本沒辦法成功。

她用盡力氣，然後從兩邊陽台之間的空隙……

胡紹安驚喘一聲，淚水流落下來。

張思嵐沒再說下去，但連心文接著開口。

「我們在YT上看到你們上傳的影片，你們三人的臉我們全都記得牢牢的。我們再順著下面的留言跟資訊找到你們三人的臉書。我們知道，要是把你們的事曝光出去，一定能引起輿論的撻伐。但是接下來呢？你們會受到什麼嚴重的懲罰嗎？而時間一過，世人就會淡忘這件事，但我們死去的家人卻永遠不會回來了。」

連心文笑著，可眼眶紅了一圈，堆壓在心裡的恨意悶燒了兩年，如今終於找到出口。

「我們隱瞞彼此之間的關係，想方設法地藉由你們的興趣在網路上接近你們，和你們成爲了交情不錯的網友。又成功地再拉近關係，一起在LINE上組建群組，適合的時機終於到來。」

胡紹安知道，連心文說的是這次的線下聚會。

「竹林廢屋其實是我爸媽名下的。」張思嵐又說，「要把它營造成有鬧鬼傳聞的廢墟並不難，我們自己扮鬼嚇人，再找人拍個影片，上網發一些帖子，用一些假帳號回覆留言，看起來就好像有那麼一回事了。」

「我們花了很長的時間。」周偉毅說，「現在，可以結束了。」

胡紹安的視線變得模糊，他看不清連心文幾人的臉，或許不要看見會更好，罪惡感和懊悔如大山幾乎把他壓垮。

如果當初不要霸佔斑馬線，就不會發生那麼多令人後悔的事了。

周亮宇的妻女不會死……

高天翔和李銘成也不會死……

遠方的天色出現一抹魚肚白，黑夜似乎即將遠去。

胡紹安的眼皮往下掉，在意識被黑暗完全籠罩之前，他不知道自己有沒有成功再擠出那句話。

那句對如今的他們來說已毫無意義，卻是他發自肺腑，愧疚地想對他們說的話。

「眞的……很對不起……」

尾聲

隱隱約約，好像有誰在不遠處說著話。

胡紹安吃力地想要睜開眼，卻覺得眼皮如同被膠水黏住，他呻吟一聲，心頭莫名慌亂。

旁邊的說話聲驀然停下。

胡紹安不知道發生什麼事，他費了一番力氣，沉重的眼皮總算被他撐開，突然映入眼中的滿室亮光讓他反射性瑟縮地又閉起眼。

人聲如潮水瞬間傾洩過來。

「紹安？紹安？你終於醒了！」

有誰緊緊地握住他的手，聲音裡滿是急切和關心。

那聲音聽起來非常熟悉，胡紹安慢慢地再睜開眼睛。最先看到的是白色的天花板和燈管，接著一張寫滿緊張的臉孔映入眼中。

「媽……？」胡紹安瞇細眼，看清中年女人的長相。

「你真的是要嚇死媽了！」中年女人一開口就停不下來，嘮嘮叨叨地說個不停，「接到電話我還以爲是詐騙，說我兒子受傷送醫了……到底發生什麼事？警察說你是跟朋友去山裡玩，怎麼會把自己搞成這副德性？」

「警察……」胡紹安的大腦還在遲緩運轉，眼珠也緩慢地往四周轉動，發現自己躺在一間三人病房，旁邊是兩張空病床，「為什麼有警察？我怎麼……會在醫院？」

他不是……應該死了？

連心文他們竟然放過他了嗎？為什麼？

中年女人要靠得極近，才能聽清楚胡紹安的問話。

她正要回答胡紹安的問題，病房外就傳來簡潔的敲門聲，一名男人從外走進來。

胡紹安轉過頭，看著那名陌生男人走到他病床邊，對方身上有股凜然的氣勢，一雙眼睛銳利如鷹目。

胡紹安聽見自己母親喊了一聲警察先生，才恍然對方原來是警察。

男人簡單做了自我介紹，他姓方，是一名刑警，要來詢問胡紹安一些事情。

剛醒過來，胡紹安感覺自己好像仍飄躺在一片棉花上面，就連腦袋也還是輕飄飄的，不知道眼前到底是什麼狀況、時間又過去多久，可還是直覺方警官想問的跟民宿的事有關。

他啞聲跟母親說想喝水，把人暫時支開後，看著方警官在病床旁邊坐下，掏出了一本小冊子。

「你還記得青竹民宿發生的事嗎？你們三人在民宿裡……」

「三人？不是三人，我們明明有七個人……」胡紹安啞聲打斷方警官的話。

方警官點點頭，「我知道，你們原本是七個人一起出遊到青竹湖的青竹民宿。你、高天翔、李銘成、羅依麗、張思嵐、周偉毅和連心文。張思嵐、周偉毅和連心文是網路上和你們四人認識的網友，民宿是張思嵐家開的，也是她打電話報警的。」

「報警？」胡紹安的大腦一片混亂，試圖理解方警官的意思。

在方警官的說明下，他這才得知那一晚的眞相全變了一個樣。

原本民宿是由他們包棟，但張思嵐在晚上回去老家跟父母住，沒有留在民宿，連心文和周偉毅則臨時有事，在下午便由周亮宇載他們下山。

民宿裡只剩下他和高天翔、李銘成和羅依麗。

張思嵐在清晨的時候回來民宿一趟，卻發現胡紹安渾身是血地躺在民宿外，高天翔陳屍在房間裡，還發現閣樓裡竟然還有李銘成的屍體。

唯獨沒看見羅依麗的身影，而車子也少了一輛。

民宿裡發生凶殺案，張思嵐嚇壞了，連忙報警求救，總算及時救回胡紹安。

經過初步調查，李銘成的後腦有重擊痕跡，脖子也有繩子纏繞的勒痕；高天翔則是先遭電擊失去反抗能力，再被枕頭悶死的；而刺傷胡紹安的凶器至今還未找到。

「我們的人在另一條山路下發現那台不見的車輛。」方警官沉穩地說，「車子翻落山谷，裡面的駕駛正是羅依麗，找到她的時候人已經身亡。說清楚，你們四人在那一晚究竟發生了什麼事？是誰殺了李銘成和高天翔？又是誰刺傷你的？」

方警官瞬也不瞬地盯著胡紹安，目光逼人。

胡紹安喉頭發緊，他不知道自己該說什麼、能說什麼。

他想到了連心文他們發紅的眼，想到周亮宇絕望怨恨的表情。

還有在民宿客廳裡，他一直沒仔細端詳過的小女孩照片……

最後他聽見自己的聲音彷彿從遠方響起。

「捅我一刀的人是ㄌ——」

《攔路竹》完

後記

早安午安晚安，這裡是琉璃。

不知不覺單行本的鬼故事也來到第三本了。

相較於《私廟》是談及陰廟、私壇，《夜觀神》是觀掃帚神與籃仔姑，這本則是提及了「竹篙鬼」這個民間傳說。

傳說內容是假如路上看到有竹子橫倒在地，千萬別從上面跨過去，否則竹子會突然彈起，將人高掛至空中，其強大的力道可能會致人於死。

傳說背後大部分都有緣由，竹篙鬼被認爲原型來自以前狩獵用的山豬陷阱。

不過這次故事裡沒有山豬XD

會選擇以竹篙鬼來推進故事，是最初在構思的時候，腦海中先自動跑出了一個場景——一間附近有竹林環繞的民宿。

竹林影像跑出來後，就忍不住想著要從竹子來著手，於是開始搜尋起有沒有什麼跟竹子有關的民間傳說。

竹篙鬼就這麼出現了。

雖然有靈異成分在，不過這次的故事依舊以人心爲主軸。

看似一場尋常的網友聚會，隱藏的卻是多人共同策劃的密謀。

胡紹安等人當年不以爲意的舉動，釀成了重重悲劇，也引來了之後的殺機。

在寫這篇故事時，碰到了超嚴重的重感冒，整個人好幾天都是昏昏沉沉，差不多是用本能在打稿了。

完稿後習慣會讓親友幫忙看一下、給點意見，結果親友居然說：你重感冒時寫得很順啊，速度還快了，乾脆多來幾次好了。

不不不，這個不行。

雖然當時是靠本能打稿反而提升了一點速度，可是身體眞的太不舒服啦，還是按部就班來就好了。

再跟大家分享一個寫稿小趣事。

通常在寫稿時，我會先想好角色們的名字，可是這一次卻完全顚倒過來，角色名不肯自動浮出，反而劇情自己先自動推演了。

雖然名字都還沒取好，但怕靈感會半途不見，於是決定直接動工。

當然角色們也不好簡單粗暴地用編號，這樣回頭檢查時容易混淆，分不出誰是誰。想了想，就用角色自身比較明顯的特質吧。啊，胡紹安不用，因爲他是主角，就被我先用「主角」來當代稱了。而李銘成因爲出手大方，是「小開」；高天翔熱愛運動，有肌肉，就叫「運動男」，其他人也各自有自己的代號。

等到全文寫完，最後終於要來正式取名了，大家的名字順勢自然而然地浮出，眞的是水到渠成，感覺也滿神奇的。

故事的結尾比較偏向開放式，胡紹安想說的究竟是誰，這部分任憑大家想像了。

最後，感謝拿起書並看到這的你，我們下個故事再見！

醉琉璃

感想區

國家圖書館出版品預行編目資料

攔路竹 / 醉琉璃 著.——初版.
——台北市：蓋亞文化，2025.08
面；公分.——（蓬萊詭話；PG010）
ISBN 978-626-384-206-9（平裝）

863.57 114008235

蓬萊詭話PG010

攔路竹

作　　者　醉琉璃
插　　畫　Kan
封面設計　萬亞雰
主　　編　黃致雲
總 編 輯　沈育如
發 行 人　陳常智
出 版 社　蓋亞文化有限公司
地址：台北市103承德路二段75巷35號1樓
電話：02-2558-5438　傳眞：02-2558-5439
電子信箱：gaea@gaeabooks.com.tw
投稿信箱：editor@gaeabooks.com.tw
郵撥帳號 19769541　戶名：蓋亞文化有限公司
法律顧問　宇達經貿法律事務所
總 經 銷　聯合發行股份有限公司
地址：新北市新店區寶橋路二三五巷六弄六號二樓
電話：02-2917-8022　傳眞：02-2915-6275
港澳地區　一代匯集
地址：九龍旺角塘尾道64號龍駒企業大廈10樓B&D室
電話：+852-2783-8102　傳眞：+852-2396-0050
初版一刷　2025年 08月
定　　價　新台幣 280 元
Published and printed in Taiwan

ISBN 978-626-384-206-9

GAEA

蓬萊詭話